세 번
속은
땅

세 번 속은 땅

무능과 기만이 남긴
15년을 상상하다

제윤경 지음

이콘

정치는
가장 약한 사람들의
가장 강력한 무기여야 한다

목
차

섬진강의 마지막 물길이 노량 바다로 스며드는 곳, 갈대만은 강의 끝이자 바다의 시작이다.

바로 건너편, 현대제철의 굴뚝이 푸른 연기를 토하며 그 고요한 만을 굽어보고 있다.

"이 땅은 말이다, 세 번 속았다 아이가."

옆에 선 노인의 목소리는 갈라진 논바닥처럼 건조했다.

"첫째는 바다 막고 제방 쌓을 때다. 그때는 배 만들어가 온 동네가 부자 된다 카더니…. 둘째는 거 뭐시고, 영국 대학인가 뭔가 들어온다꼬 난리법석을 떨데. 요즘은 또 뭐라노, 빚 다 갚고 대기업 다시 델꼬 온다카나?

근데 봐라. 바다는 막혔고 사람들 꿈만 말라비틀어뻤다."

두리는 대꾸하지 못했다. 둑 아래 흔들리는 갈대 사이로 세 번의 약속이 스쳐 지나갔다. 군수는 바뀌었으나 구호의 색깔은 늘 같았다. 장밋빛 조감도와 화려한 기공식, 그리고 그 뒤에 남겨진 수천억 원의 소송 서류들. 할머니의 목소리엔 원망보다 체념이 짙게 배어 있었다. 그 체념이 두리의 심장을 찔렀다.

'속은 사람은 있는데, 속인 사람은 보이지 않는구나.'

두리는 제방 위로 천천히 걸음을 옮겼다. 갈대만의 육상부와 해양부를 가르는 거대한 콘크리트 성벽. 한때 '산업의 대동맥'이라 칭송받던 도로 옆 배수로에는 갈대가 제멋대로 자라나 있었다. 바람이 불 때마다 갈대들은 서로 고개를 끄덕이며 비밀스러운 회의를 하는 듯했다.

"그땐 다 잘될 줄 알았지?"

"그래, 군청 보고서엔 늘 '차질 없이 추진 중'이라 적혔으니까."

두리는 휴대폰을 꺼내 잡초 무성한 현장을 촬영했다. 서울에서 빚 탕감 운동을 하며 수많은 채권 서류를 보아왔지만, 서동이라는 지자체가 짊어진 이 거대한 '공적 채무'는 차원이 달랐다.

지금은 한낱 이름 없는 시민 활동가일 뿐이지만, 두리는 알고 있었다. 이 땅의 갈대들이 나누는 냉소적인 대화를 멈추게 하려면, 단순히 슬퍼하는 것으론 부족하다는 것을.

조감도 뒤에 숨겨진 이면계약서와 '책임'이라는 단어를 회피하는 자들의 명단을 찾아내야 했다.

"할머니, 세 번 속았으면 됐습니다. 네 번째는 없을 겁니다."

두리의 나직한 혼잣말은 11월의 차가운 바닷바람에 실려 흩어졌다. 그것은 먼 훗날 국회 국정감사장과 서동군청 강당에서 울려 퍼질 선전포고의 첫 마디였다.

갈대만,
속는 것도
일이더라

1장

10년째

'조만간'을 외우는

마법사들

제방 끝자락, 허리까지 자란 잡초들 사이로 낡은 조감도 하나가 비딱하게 서 있었다.

'서동 경제자유구역 개발 조감도'

푸른 하늘 아래 그려진 그림 속 도시는 여전히 눈이 부실 정도로 반짝였지만, 현실의 땅바닥은 잡초들이 자기들끼리 영토 분쟁을 벌이는 중이었다.

'갈대만 조선산업단지, 허송산업단지, 도울레저단지…'

희미해진 글씨와 색바랜 화살표들은 이미 이 세상에 존재하지 않는 '유령 공장'들을 친절하게 가리키고 있었다. 두리는 고개를 들어 조감도 너머의 황무지를 보았다. 텅 빈 하늘과 텅 빈 땅. 그 사이를 메우는 건 오직 '조만간 재추진할 계획'이라는, 거의 종교적인 신념에 가까운 마법의 주문뿐이었다.

그 주문은 지난 10년 동안 서동군 관계자들의 입술을 통해 성가처럼 반복됐다.

"조만간 재추진할 계획입니더."

그들이 말하는 '조만간'은 지구의 자전축이 바뀔 정도의 세월, 즉 10년째였다.

공사가 멈춘 게 2014년이니, 그동안 '재추진'은 군수님 방 현수막 속에서나 활발하게 진행됐다. 그 대가로 서동군은 공사 현장 대신 법정 피고석을 제집 안방처럼 드나들어야 했다.

대해조선은 1,114억 원을 내놓으라며 소리를 질렀고, 한영건설은 423억 원짜리 청구서를 흔들어댔다. 감사원 보고서에는 "이러다 서동군 금고 탈탈 털리겠다"는 서늘한 예언이 적혀 있었지만, 군은 굴하지 않고 '계획'의 포장지를 더 알록달록하게 바꾸는 데 매진했다.

'재도약' '활성화' '첨단산업의 허브'

수식어만 보면 이미 서동은 실리콘밸리를 쌈 싸 먹고도 남을 기세였다.

어느 날부터인가, 군청 앞 도로변은 현수막 전시장으로 변했다.

'○○기업, 3,000억 투자 유치!' '미래를 여는 25조 원 프로젝트!'

문구는 요란했고 투자자 이름은 떡하니 박혀 있었다. 하지만 그 '투자'의 실체는 사실 "한번 생각해 볼 수도 있지 않을까?"라는 수준의 양해각서, 즉 MOU라는 이름의 종이 쪼가리였다. 군수 측근들은 낄낄대며 이렇게 속삭였다.

"일단 걸어 뿌이소. 사람들은 현수막을 믿지, 누가 계약서 조항

따지겠십니꺼?"

실제로 지난 11년 동안 갈대·허송산단에서 체결된 MOU는 총 18건, 금액은 무려 44조 5천억 원에 달했다. 단위는 늘 '조兆'였고, 보도자료 제목은 언제나 '쾌거' 아니면 '대박'이었으나, 정작 서동군 통장에 찍힌 입금 결과는 늘 먼지 하나 없이 깨끗한 '0'이었다. 실제로 몰려든 건 대기업 총수가 아니라 양해각서 사본 뭉치뿐이었다.

초창기에 군청 앞 사거리에 'ㅇ조 원 투자 유치!'라는 현수막이 걸릴 때만 해도, 서동 군민들은 제법 설레는 마음을 감추지 못했다. 면사무소 앞 식당에서는 "야야, 이제 우리 서동도 남부럽지 않게 번듯해지는 기가?" 하며 숭늉을 들이켰고, 이장님들은 "땅값 좀 오르면 농사일 줄이고 노후 걱정은 안 해도 되겠지?" 하며 은근슬쩍 복덕방 근처를 기웃거리기도 했다.

그때의 군민들에게 현수막은 곧 믿음이었고, 군수님의 호언장담은 머지않아 도착할 선물 꾸러미 같았다.

하지만 11년 동안 44조 원이라는 가상의 돈이 공중 분해되는 과정을 지켜본 지금, 군민들은 이미 '해탈'의 경지에 도달했다. 이제 사거리에 새로운 현수막이 걸리면 사람들은 혀를 쯧쯧 차며 이렇게 말한다.

"아이고, 저기 또 시작이네. 이번엔 또 누굴 속여 묵을라고 저래 비싼 천대기에다 글자를 새겨놨노?"

이제 군민들에게 현수막이란 경제 활성화의 신호탄이 아니라, '이번엔 어떤 사기극이 상영될지' 알려주는 예고편 포스터일 뿐이다. 누군가 "이번엔 진짜라 카데!"라고 눈을 빛내며 말하면, 옆에 있던 노인이 무심하게 곰방대를 털며 대꾸한다.

"야 이 사람아, 저 현수막 만든 놈이 제일 부자 되겠다. 저 천대기 값만 모았어도 서동 빚 반은 갚았을 끼다!"

군민들의 기대감은 남해 바다 먼 곳으로 흘러버려진 지 오래고, 남은 건 '조兆' 단위의 허풍에 단련된 강철 같은 불신뿐이었다. 산단의 땅은 비었는데 군의 서류철만 점점 불어나는 풍경을 보며 두리는 피식 웃었다.

"MOU 체결액으로만 따지면 서동은 이미 전 지구적 경제 패권국이에요. 서류상으로는 월스트리트의 모든 자본이 섬진강 재첩국에 말아 먹으려고 대기 중인 꼴 아니겠어요? 이 정도면 백악관 경제 고문들도 서동 군수님한테 '투자 유치 비법' 한 수 가르쳐달라고 줄을 서야 할 판국이라고요."

바람이 한 번 더 불었다. 조감도가 덜컹거리며 소리를 냈는데, 그 소리가 묘하게 사람 목소리 같았다.

"체결 완료! 추진 예정! 재추진 계획 중!"

두리는 눈을 감았다.

"여긴 늘 미래형으로만 말하죠. '된다' '할 예정이다' '검토 중이다' … 단 한 번도 '됐다'로 끝난 적이 없어요. 이쯤 되면 서동의 공식 언어는 한국어가 아니라 '희망 고문어語'라고 봐야 할 겁니다."

멀리서 녹슨 철근이 햇빛을 반사했다. 그 빛은 마치 오래된 약속이 부서진 조각처럼 처량하게 반짝였다. 어업이 금지된 바다엔 물고기들이 넘쳐났고, 그 덕에 해마다 철새들이 날아들었다. 실패의 상징에 그나마 다행스러운 풍경이었지만, 사람에게는 그저 헛웃음 나오는 잔혹 동화일 뿐이었다.

2장
요란한 기공식,
광대들의 축제

2011년의 어느 봄날, 갈대만 갯벌은 난데없이 나타난 검은색 세단들의 행렬로 몸살을 앓았다. 평소에는 게나 짱뚱어들이 평화롭게 일광욕을 즐기던 그곳에, 갑자기 정장 차림의 '육지 인간'들이 대거 상륙한 것이다.

행사장 입구에는 '조선산업의 심장, 서동 갈대만!'이라는 거창한 현수막이 펄럭였다. 그 문구만 보면 당장 내일이라도 서동 노량 바다에 항공모함이라도 둥둥 떠오를 기세였다.

무대 위에는 국무총리부터 도지사, 군수, 그리고 지역 유지들이 나란히 앉아 있었다. 국무총리는 마치 인류를 구원할 거대한 결단이라도 내린 것 같은 표정으로 원고를 읽어 내려갔다.

"이곳 갈대만은 조선산업의 심장이 될 것입니다!"

그의 사자후를 들으며, 옆에 앉은 군수는 마치 자기가 그 심장을 직접 이식하기라도 한 듯 감격에 겨워 눈시울을 붉혔다. 곁에 앉은 지역 유지들은 이 역사적인 현장에서 국무총리와 같은 공기를 마시고 있다는 사실만으로도 가슴이 벅차오르는 모양이었다. 그들의 표정에는 '오늘 이 자리에 내가 있었다'는 사실을 평생의 영광으로 간직하며, 훗날 손주들에게 백 번쯤은 우려먹으리라는 굳은 결의가 서려 있었다.

높으신 분들의 허세는 그칠 줄 몰랐다. "All 지원하겠다"는 도지사의 호언장담과 "젊은이들이 돌아온다"는 국회의원의 외침은 갈대만의 갯바람을 타고 공허하게 흩어졌다.

기공식의 하이라이트는 역시 버튼 누르기였다.

"하나, 둘, 셋!"

높으신 분들이 일제히 버튼을 누르자, 무대 뒤에서 펑 소리와 함께 오색찬란한 꽃가루가 하늘을 덮었다. 동시에 저 멀리 서 있던 굴착기 세 대가 마치 살아있는 생물처럼 삽을 번쩍 들어 올리며 갯벌을 파헤치기 시작했다.

그 광경을 지켜보던 두리는 생각했다.

'저 굴착기 기사님들, 오늘 일당은 제대로 받으려나?'

그날의 기공식은 마치 정교하게 연출된 연극 같았다. 총리는 '국가적 지원'을 약속했고, 도지사는 '동북아의 허브'를 외쳤으며, 군수는 감격에 겨워 눈시울을 붉혔다.

그날 군수가 찍은 한 삽의 흙은 '미래의 씨앗'이라 칭송받았지만, 사실 그 구덩이는 훗날 서동군민들의 혈세 1,500억 원을 집어삼킬 거대한 블랙홀의 시작이었다.

행사가 끝나고 높으신 분들이 검은 세단을 타고 썰물처럼 빠져나간 자리에는, 찢어진 리본 조각과 화려한 연설문만 덩그러니 남았다. 어민들은 보상 합의서를 손에 쥐고 웃었지만, 그 종이가 십여 년간 법정을 떠돌 장기 연체 채권이 될 줄은 꿈에도 몰랐다.

2011년의 그날, 갈대만 갯벌에 뿌려진 오색 꽃가루는 마치 하늘에서 돈벼락이라도 내리는 것 같은 착각을 불러일으켰다. 국무총리와 도지사, 군수가 하얀 장갑을 끼고 나란히 삽을 떴을 때, 어민들은 그 흙 한 삽이 황금 덩어리로 변해 돌아올 줄 알았다. 군청은 '어업 피해 보상 합의서'라는 빳빳한 종이를 인심 쓰듯 내밀었고, 어민들은 그 종이가 곧 현찰로 변신할 마법의 주문서라고 굳게 믿었다.

하지만 마법은 일어나지 않았다.

그로부터 14년이 흐른 2025년. 갈대만은 조선소 대신 '소송의 숲'이 되었다. 샴페인 거품은 사라진 지 오래고, 남은 건 눅눅한 커피믹스 찌꺼기 같은 현실뿐이었다.

며칠 전 마을회관, 스티로폼 컵에서 올라오는 달큰한 냄새 사이로 14년 묵은 원망들이 떠다녔다.

"아이고, 군청 놈들 참 대단타. 합의서에 도장 찍어줄 때는 언제고, 이제 와서 배 째라 카나?"

2장
요란한 기공식, 광대들의 축제

"배 째라 카는 정도면 양반이지. 1심에서 우리가 이기니까 지들이 항소를 했다 안 하나. 지들이 약속 어기놓고, 항소는 또 와 하노?"

누군가 탁자를 탁 치며 믹스커피를 들이켰다.

"참말로 어이없다, 어이없어. 군청 양반들은 사전에 '미안하다'는 말은 쏙 빼고 배우나 보네."

14년 전 그물을 던지던 어민들의 팔뚝은 이제 배보다 먼저 녹슬어버렸다. 보상은 여전히 '검토 중'이라는 마법의 성 안에 갇혀 있고, 합의서는 종이 속에서 늙지도 않고 빳빳하게 자리를 지키고 있었다. 겉보기에 평화로운 갈대만 바다 밑바닥에는, 지켜지지 않은 약속의 잔해들이 폐그물처럼 엉겨 붙어 있었다.

진두리는 다시 제방 위로 올라갔다. 멀리서 보면 갈대만은 여전히 거대한 사업지였지만, 가까이서 본 그곳은 '부도난 약속의 박물관' 그 이상도 이하도 아니었다. 간척과 개발, 보상과 소송이라는 요란한 전시물 뒤로 행정의 무능이라는 침묵의 연대기가 흐르고 있었다.

두리는 입술을 깨물며 입꼬리를 슬쩍 올렸다. 화가 난 건지 즐거운 건지 분간이 안 가는, 마치 세상에서 가장 재미있는 장난감을 발견한 악동 같은 기괴한 미소였다.

"이번엔 내가 안 속는다."

분노보다는 '어디 한번 놀아보자'는 식의 단단한 웃음이었다. 그녀의 눈에는 이제 실패의 잔해가 아니라, 그 난장판을 싹 치워버리고 새로 그려 넣을 아주 깨끗한 백지가 보이기 시작했다.

"뭐, 사고 한번 제대로 쳐봐야겠는데."

3장

책임없는 책임을
약속하다

서동지구개발사업단의 새 사무실에서는 늘 빳빳한 종이와 잉크 냄새가 났다.

봄날의 햇살이 창가에 머물 때면, 책상 위에는 세상 모든 약속을 다 지킬 것처럼 보이는 계약서들이 산더미처럼 쌓여 있었다.

그중에서도 가장 눈부시게 빛나는 문구는 단연 '책임준공 확약서'였다.

"이름 한번 잘~ 지었네. 아주 믿음직스러워."

주파산 군수는 흡족한 듯 껄껄 웃었다.

하지만 옆에 선 법무 담당자의 안색은 방금 상한 우유라도 마신 것처럼 창백했다.

"군수님, 그건 남들 보여주는 용이고요⋯. 진짜는 이겁니다."

그가 조심스레 내민 봉투 안에는 한영건설의 로고가 흐릿하게 찍힌 '참고용 문건'이 들어 있었다. 거기엔 딱 한 줄, 마법 같은 문장

제1부
갈대만, 속는 것도 일이더라

이 적혀 있었다.

[기성금 미지급 시 시공사 책임 면제]

책임을 확약한다면서 책임은 없다는, 이 창의적이다 못해 예술적인 문장을 보고 주파산 군수의 안색이 순식간에 잘 익은 석류처럼 붉게 달아올랐다. 그는 책상 위에 놓인 서류 뭉치를 낚아채더니 법무 담당의 코앞에서 사정없이 흔들었다.

"이게 대체 뭐 하자는 기고! 시공사 책임 면제? 야, 이 사람아! '책임준공'이라 카는 거는 말 그대로 시공사가 끝까지 책임지고 건물을 올리겠다는 약속 아이가!"

그는 숨이 차오르는지 넥타이를 거칠게 풀어헤치며 소리를 질렀다.

"책임을 확약했다가, 또 뒤로는 면제해달라꼬…. 이기 지금 장난이가? 애들 소꿉놀이도 이따위로는 안 한다! 공식 계약서에는 '책임지겠다' 써놓고, 이면지에는 '돈 안 주면 안 해도 된다' 써놓고…. 이기 지금 행정이가, 아니면 사기꾼들 협잡이가!"

주파산이 서류 뭉치를 허공으로 내던지자, 수십 장의 종이가 마치 날개 꺾인 나비처럼 회의실 바닥으로 볼품없이 흩날렸다. 회의실 안의 공무원들은 마치 단체로 마법에 걸린 듯 바닥만 뚫어지게 쳐다보며 숨을 죽였다.

그때였다. 눈치를 보던 재무과장 허꼼수가 고양이처럼 살금살금

3장
책임 없는 책임을 약속하다

다가와 군수의 귀에 입술을 바짝 갖다 댔다. 그리고는 아주 은밀하고 낮은 목소리로, 마치 다음 날의 일기예보라도 전해주듯 속삭였다.

"군수님, 너무 노여워 마이소…. 저짝에서도 우리 서동의 '미래 인재'들 커가는 데 관심이 아주 많다 안 합니까. 그리고 조만간 군수님 가시는 길 험하지 않게, 바닥에 비단은 못 깔아드려도 신발에 흙은 안 묻게 하겠답니더."

그 순간, 주파산의 입가에 머물던 험악한 경련이 거짓말처럼 멈췄다. 허공을 헤매던 그의 눈동자가 잠시 방황하더니, 이내 봄눈 녹듯 부드러운 초점이 돌아왔다.

허꼼수는 그 찰나의 기류 변화를 놓치지 않았다. 그는 엉덩이를 뒤로 쭉 뺀 채 강아지처럼 바닥을 기어다니며 흩어진 서류들을 줍기 시작했다. 한 손으로는 구겨진 종이를 제 바짓가랑이에 슥슥 문질러 펴고, 다른 손으로는 먼지를 '후~' 하고 불어내며 마치 보물이라도 다루듯 정성스레 서류를 모아 군수 앞에 정렬시켰다. 조금 전까지 쓰레기 취급당하던 종이들이 그의 손길을 거치자 다시 '귀한 몸'이 되어 책상 위로 복귀했다.

주파산은 천천히 머리를 쓸어올리며, 민망하지만 어쩐지 흡족한 미소를 지어 보였다.

"허허, 거 참…. 세상일이라는 게 다 정情으로 도는 거 아이겠나. 사람이 너무 각박하게 법대로만 하면 정이 메마르는 법이지."

그는 도장을 움켜쥐고는, 마치 세기의 걸작에 마침표를 찍는 예술가처럼 서류 위에 힘차게 도장을 찍었다.

쾅!

"그래, 찍자! 남는 건 신뢰뿐인데 뭐 어쩌겠노. 내는 우리 서동의 미래와 한영건설의 그 깊은 '정'을 믿기로 했다!"

회의실에는 경쾌한 도장 소리만 메아리쳤고, 공무원들은 그제야 안도의 한숨을 내쉬었다. 책임은 종이 위에서 증발했고, 정은 공기 속에 흩날렸으며, 서동의 곳간에는 훗날 1,500억 원이라는 이름으로 터질 시한폭탄이 조용히 설치되었다.

군청 근처의 허름한 식당. 테이블 위에는 돼지갈비 타는 냄새와 눅눅한 막걸리 냄새가 뒤섞여 있었다. 재무과장 허꼼수의 얼굴은 이미 잘 익은 홍당무처럼 벌겋게 달아올라 있었다. 그는 잔을 높이 쳐들며 비틀거리는 몸을 겨우 가누었다.

"야! 오늘 내가 쏜다! 내 이번에 큰일 하나 해냈다 아이가!"

그의 목소리가 식당 천장을 때리자, 구석에서 국밥을 먹던 노인이 힐끗 쳐다봤다. 하지만 허꼼수는 아랑곳하지 않고 자기만의 황홀경에 빠져 있었다.

"니들 그거 아나? 이번에 한영이랑 맺은 계약 말이다. 책임준공이라 써놓고 뒤로는 '돈 안 주면 안 해도 된다'고 따로 적어줬다!"

친구가 젓가락을 멈추고 찜찜한 표정으로 물었다.

"야, 그게 말이 되나? 책임을 진다 해놓고 또 안 진다 카면, 그건 사기 아이가?"

그러자 허꼼수가 잔을 탁자에 쾅 내려놓으며 배를 잡고 자지러졌다.

"사기? 이 문외한아! 이건 사기가 아니고 예술이다, 예술! '책임을 확약하지만 책임은 없다…' 이거 완전 시詩적이지 않나? 세상에 이보다 더 문학적인 계약서가 어데 있노! 하하하!"

그는 낄낄대며 친구의 잔을 억지로 채웠다.

"우린 그냥 큰 정情 한번 베푼 기다. 큰 정 한번 주고, 또 큰 정 한번 받고! 세상이 원래 다 그렇게 정으로 굴러가는 거 아이겠나? 서동 땅 파서 배 들어오면 그게 다 애국이고 정이지!"

허꼼수는 취기에 혀를 굴리며 주머니에서 법인카드를 꺼내 휘둘렀다. 그 카드는 마치 어떤 잘못도 덮어줄 수 있는 무적의 방패처럼 번쩍였다.

"걱정 마라! 물 들어올 때 노 저어야지. 나중에 문제 되면 '당시 상황이 급박했다' 한 마디면 끝이다. 법은 멀고 정은 가깝다 안 하나!"

그날 밤, 허꼼수의 웃음소리는 식당 밖 갈대만 바다까지 새어 나갔다.

그는 스스로를 서동을 구한 천재 전략가라고 굳게 믿으며 막걸리를 들이켰지만, 정작 그가 마신 건 서동의 미래를 담보로 잡은 독약이었다.

4장

바람이 세면
배도 단단해야죠

며칠 뒤, 서동군청 3층 회의실에는 미묘한 긴장감과 함께 비릿한 갯바람 냄새가 스며들었다. 테이블 위에는 대해조선 로고가 박힌 반들반들한 서류철이 놓여 있었고, 그 맞은편에는 대해조선에서 내려온 부장이 여유로운 미소를 띤 채 앉아 있었다.

"요즘 현장 쪽에서 바람 소리가 좀 심상치 않네요. 뭐, 어디까지나 소문입니다만…"

부장이 커피잔을 만지작거리며 툭 던진 말에, 주파산 군수의 안색이 순식간에 굳었다. 부장은 마치 강남의 세련된 카페에서 주말 날씨를 묻는 듯한 어투로 말을 이었다.

"시공사 쪽이랑 신의성실 원칙에 어긋나는… 뭐랄까, 아주 '창의적인 조정'이 있었다는 이야기가 들리더라고요."

주파산은 순간적으로 멈칫했으나, 이내 의자에 몸을 깊숙이 묻으며 억지웃음을 지어 보였다.

"하하! 부장님도 참, 소문이란 게 원래 그렇다 아입니까? 큰일일 수록 입도 많고 귀도 많은 법인디, 서동 바람이 워낙에 쎄나노니 소문도 그 바람 타고 어데든 날아댕기는 모양입니더, 하하하!"

그러자 부장이 입꼬리를 아주 미세하게 올리며, 얼음물처럼 차가운 표준어로 응수했다.

"바람이 세면, 배도 그만큼 단단해야죠. 안 그렇습니까?"

부장은 가방에서 새 서류를 꺼내 테이블 위로 가볍게 밀어냈다.

[분양자 지위이전 합의서]

말이 좋아 합의서지, 실상은 시행사가 망하면 서동군이 독박을 쓰겠다는 노예 문서나 다름없었다.

"저희도 괜한 오해는 원치 않습니다. 다만, 리스크 관리 차원에서 이런 안전장치는 필요하지 않겠습니까? 만약 그 소문이 사실이라면… 계약 자체가 무효가 될 수도 있을 텐데, 그건 우리 모두에게 아주 곤란한 일 아닐까요?"

부장의 목소리는 아나운서처럼 정갈했지만, 그 안에는 1,000억 원짜리 위협이 담겨 있었다. 주파산은 침을 꿀꺽 삼키며 옆에 있던 경제과장에게 물었다.

"김 과장, 이기 대체 뭐라는 기고? 군이 시행사 대신 분양자 되는 기라? 그게 뭐 문젠데?"

경제과장이 머뭇거리며 "군이 대신 배상 책임을 질 수도 있다"고 답하려는 찰나, 재무과장 허꼼수가 이 분위기를 깨보겠다고 호기롭게 끼어들었다.

"아이고, 부장님! 말씀 한번 시원하게 잘하셨심더! 군수님, 이기는 뭐 그냥 서로 믿음을 확인하는 차원이라 봐야지예. 사업이 잘만 돌아가면 아무 일도 없심더! 결국 중요한 건 신뢰 아입니까, 신뢰!"

허꼼수는 마치 판을 뒤집을 결정타라도 잡은 듯 앞뒤 안 맞는 말들을 속사포처럼 쏟아냈다. 대해조선 부장은 그 모습이 가소롭다는 듯 짧게 미소를 지었다.

"역시 재무과장님이 상황 파악이 정확하시네요. 말씀의 뉘앙스가 아주 예술입니다."

주파산은 홀린 듯 도장을 집어 들었다. 그는 마치 세기의 계약을 체결하는 초일류 CEO라도 된 듯한 기분에 취해, 잉크 패드에 도장을 톡톡 두드리고는 서류 위에 힘차게 눌렀다.

쾅!

그 묵직한 소리가 회의실을 울렸다.

주파산은 "그래, 그래. 다 잘될 기라. 하하하!" 하며 호탕하게 웃었지만, 대해조선 부장은 그 웃음소리를 뒤로하며 속으로 비웃었다. 그날 찍힌 도장은 3년 뒤, 서동군민 한 사람당 270만 원씩 빚을 지우는 1,114억 원짜리 소송장이 되어 돌아오게 된다.

4장
바람이 세면 배도 단단해야죠

5장

의결 없는 신뢰,
혹은
바보들의 행진

대해조선 부장이 서류 가방을 챙겨 유유히 회의실을 빠져나가자, 무겁던 공기는 순식간에 시골 잔칫집처럼 들떴다. 주파산 군수는 방금 찍은 도장의 묵직한 손맛이 아직도 짜릿한지 손바닥을 연신 주물렀다.

"자, 이제 다 끝난 게 맞제? 신뢰니 뭐니, 거 머시기 복잡한 거 다 처리 끝난 기지?"

허꼼수 과장이 기다렸다는 듯 흩어진 서류들을 잽싸게 낚아채며 너스레를 떨었다.

"예, 군수님! 이제 신뢰는 확실하게 확보됐심더. 저쪽 부장 얼굴 펴지는 거 보셨지예? 서동군 도장이 삼성전자 주식보다 더 귀하게 대접받는 순간이었심더!"

분위기가 한창 달아오를 때쯤, 구석에서 안절부절못하던 경제과장이 마른침을 삼키며 조심스레 입을 열었다.

"근데… 군수님, 이건 아무래도 의회 의결이 좀… 필요하지 않을까 싶은데요."

주파산이 돋보기안경 너머로 눈을 가늘게 떴다.

"의회?"

"예, 지방재정법상 '예산 외 의무부담 행위'로 볼 여지가 다분합니더. 의결 없이는 나중에 좀…."

주파산은 그를 한참 동안 말없이 바라봤다. 회의실에 서늘한 정적이 흐르는가 싶더니, 이내 주파산의 입술이 실룩거리기 시작했다. 그러더니 곧이어 껄껄거리는 웃음소리가 터져 나왔다.

"하하하! 야, 이 사람아! 내 우리 존경하는 의원님들 입에서 '지방재정법'이니 '의무부담'이니 하는 소릴 들어본 기억이 단 한 번도 없다, 아이가!"

그는 턱을 괴고 앉아 비죽 웃으며 말을 이었다.

"그 양반들은 말이다, 법보다 밥이 빠르다. 걍… 이번에 포괄사업비 좀 넉넉히 챙겨드리믄 되는 기 아이가? 동네 경로당 장판 갈아주고 마을 안길 포장해 준다 카는데, 법전 뒤져가며 딴지 걸 위인이 어데 있노?"

주파산은 자신의 배를 둥둥 두드리며 흡족한 표정을 지었다.

"의회야 뭐, 밥 한번 씨게 사고 한바탕 웃겨주면 다 통하는 기라. 그게 바로 우리 서동식 의결 아이겠나. 과장이 알아서 문제 안 생기게 잘 정리해뿌라. 내 말 맞제?"

그때까지 숨을 죽이고 있던 재무과장 허꼼수가 갑자기 손바닥으로 책상을 쾅! 치며 폭소를 터뜨렸다. 그 기가 막힌 타이밍에 회의실의 긴장은 완전히 무너져 내렸다.

"아이고 군수님! 비유가 어째 이리도 적절하십니까! 역시 정치를 아시는 분은 다릅니더! 법은 글자고, 밥은 사랑 아입니까!"

허꼼수는 흩어진 서류들을 소중하게 품에 안으며 덧붙였다.

"걱정 마이소. 제가 서류상으로는 아주 예술적으로 '정리'해 놓겠심더. 의원님들도 나중에 '군수님이 큰일 하셨다' 카면서 박수칠 준비나 하라 카겠심더!"

그날 서동군청 회의실에서는 지방자치라는 단어 대신 '밥과 정'이라는 괴상한 논리가 승리했다.

2013년 겨울, 진주 시내의 한 일식집. 방 안은 온돌의 열기로 후끈거렸고, 테이블 위에는 장어구이의 기름진 냄새와 뜨겁게 데운 정종 향이 걸쭉하게 섞여 있었다. 서동지구개발사업단(서개단)의 최 대표가 잔을 높이 들었다. 그의 얼굴은 이미 승리를 확신하는 사냥꾼처럼 번들거렸다.

"자자, 여러분! 오늘은 그냥 술자리가 아입니더. 우린 지금 바다를 메워버리는 조물주들이 모인 기라예!"

좌중이 조용해지자 최 대표는 일부러 목소리를 깔았다.

"생각해 보이소. 이게 보통 일입니까? 우린 지금 서동을 천지개벽하고 있심더! 갈대만 바다에 흙을 붓는 게 아니라, 우리 이름을 새기고 있는 기라예! 그리고 그 이름들 중 제일 앞에 새겨질 사나이! 행정의 허준, 예산의 마술사, 서동의 보물!"

여기저기서 킥킥대는 웃음이 터졌다. 최 대표는 화룡점정을 찍

듯 외쳤다.

"우리 허…꼼…수 과장님을 위하여!"

"위하여!"

정종 잔이 부딪치는 소리가 경쾌하게 울렸다. 술이 몇 차례 돌자 경계심은 장어 기름처럼 매끄럽게 녹아내렸다. 최 대표가 다시 허꼼수의 잔을 채웠다. 술병 주둥이에서 '또르르' 소리가 나며 투명한 액체가 찰랑거렸다.

"과장님, 솔직히 우리 하는 일 말입니더… 의사로 치면 대수술 중입니더. 바다를 눕혀놓고 흙으로 피를 막는 중인데, 아이고, 이게 수혈이 끊기면 환자가 바로 죽는 거 아입니까."

허꼼수가 젓가락을 들다 말고 피식 웃었다. 술기운에 풀린 눈이 최 대표를 향했다.

"흠… 글카믄, 최 사장 말은 갈대만 환자가 지금 피가 모자라 헐떡거린다, 이 말이가? 그래서, 지금 나보고 혈액은행이라도 찾아오라 이 말이가?"

최 대표는 기다렸다는 듯 무릎을 탁 쳤다.

"하하하! 과장님, 혈액은행! 이야, 비유가 아주 예술입니더! 역시 예산의 마술사답심더!"

주변에서 '캬~' 하는 탄성이 터져 나왔다. 최 대표는 슬쩍 몸을 기울이며 목소리를 낮췄다.

"근데 말입니더, 과장님. 그 혈액은행 이름이… 보니까 '서·동·

군'이라 카더이다."

허꼼수는 배를 잡고 자지러졌다. "하하하! 서동군 혈액은행! 이 양반 이거, 사업가가 아니라 시인이네! 서동에 시인이 넘쳐나부려!"

하지만 최 대표는 금세 풀 죽은 표정을 지으며 한숨을 내쉬었다. "돈 멈추면 환자 죽심더. 우리 서개단 숨이 곧 넘어갈 판입니더."

그 순간, 허꼼수의 얼굴에서 웃음이 싹 가셨다. 대신 '영웅 심리' 라는 이름의 고약한 병이 도지기 시작했다. 그는 잔을 탁자 위에 쾅 내려놓으며 호통을 쳤다.

"피가 와 멈추노! 내 여직까지 갈대만을 어케 맹글어 왔는데! 이 허꼼수가 피 돌게 했고, 숨 붙게 했고, 한영도 대해도 다 내 손바닥 안에서 살았다 아이가! 내 아니었음 진작에 장례 치렀을 판인데!"

그는 결의에 찬 목소리로 잔을 치켜들었다. "그래! 이 허꼼수가 나서야제. 피든 돈이든, 내 한번 휘저으면 다 도는 거 아이겠나! 그 기 뭐 대수라고!"

최 대표는 음흉한 미소를 지으며 테이블 밑에서 두툼한 서류 봉 투를 꺼냈다. 그리고는 '분양계약서'라는 제목을 손가락 끝으로 툭 툭 두드렸다.

"과장님, 요게 바로 싱싱한 혈액 주머니 아입니까. 요기 잔금이 쪼매 남았는데, 그거 쪼매만 일찍 땡겨주시면 갈대만에 피가 펄펄 돌 기라요."

허꼼수는 흐릿한 눈으로 서류를 노려봤다. 495억 원. 일반인이라면 손이 떨릴 숫자였지만, 정종에 절여진 그의 뇌세포에는 그저 '0'이 많이 붙은 동그라미 놀이로 보였다.

"분양 잔금? 그기 어차피 줄 돈 아이가? 좀 빨리 주는 게 뭐 대수라고. 주면 되지! 내 허꼼수가 그 정도는 껌이다, 껌!"

최 대표가 비명을 지르듯 외쳤다.

"역시! 갈대만의 피는 곧 허꼼수 과장님의 피입니더!"

다음 날, 술기운이 채 가시기도 전에 서동군 통장에서 495억 원이 사업단의 밑 빠진 독으로 질주했다. 이체 업무를 맡은 주무관이 겁먹은 목소리로 보고했다.

"과장님, 495억 다 빠져나갔습니다. 근데… 예금이자 4천7백만 원은 어떡합니까? 규정상 손실인데요."

허꼼수는 창밖의 갈대만을 영웅적인 시선으로 바라보며 코웃음을 쳤다.

"이자? 이 사람아, '믿음'이라는 고귀한 가치에 무슨 이자를 따지노? 4천7백만 원? 그건 서동의 미래를 위한 팁Tip이라고 생각하믄 된다!"

술잔 한 번 부딪힌 대가로 군민들의 혈세 495억 원을 내주고, 이자 4천7백만 원까지 쿨하게 서비스로 날려버린 '마술사' 허꼼수. 그는 자신이 서동을 살린 천재 의사인 줄 알았지만, 사실 그는 서동의 동맥을 끊어버린 가장 위험한 돌팔이였다.

갈대만에도 한때는 세상을 다 씹어 먹을 것 같은 '조증躁症의 계절'이 있었다. 사업의 앞날 따위는 아무래도 좋았다. 눈앞에 보이는 거대한 기계 괴물들이 뿜어내는 매연과 굉음이 곧 서동의 복음이었으니까.

길바닥은 흙을 가득 실은 덤프트럭들이 줄을 지어 점령했다. 놈들이 '부아앙' 하고 지날 때마다 먼지가 안개처럼 피어올랐고, 굴착기 팔들은 하늘에 대고 삿대질이라도 하듯 흙더미를 뒤엎었다. 현장 인부들의 호통 소리는 엔진 소리에 묻혀 리듬감이 넘쳤다.

"갈대만 요놈 살아 움직이는 거 보소! 아주 기똥차구만!"

"올해는 잠잘 생각 마라! 조만간 여기 공장 들어서면 우리 마누라도 식당 하나 차려줘야 쓰겄다!"

마을 어귀 식당은 매일이 장날이었다. 땀 냄새 찌든 작업복들이 식당을 가득 채웠고, 주인 아지매는 행주를 깃발처럼 휘두르며 신이 났다.

"아이고, 귀가 따가워 죽겠어도 느무 좋다! 기계가 가르르르 돌아가야 돈도 가르르 들어오는 거 아인교!"

구석에서 백반을 해치우던 이장은 이미 제정신이 아니었다. 술 한 방울 안 마시고도 분위기에 취해 볼때기가 발그레해진 그는 숟가락을 지휘봉처럼 휘둘렀다.

"내 그 기공식 때부터 알아봤다카이! 북 치고 장구 칠 때 내 심장이 어찌나 벌렁거리던지! 마! 장날보다 사람이 더 뽁짝거리는 기, 이기 바로 천지개벽 아이나!"

이장은 자리에서 반쯤 일어나 무릎을 탁 쳤다.

"내 그때 생각했다! 이기 제대로 굴러간다! 이번에 기회 놓치면 서동은 평생 재첩이나 줍고 살아야 한다! 그래가꼬 내가 집집마다 뛰! 뛰! 뛰댕겼다 아이가! '개발해야 산다! 도장 찍어라!' 카면서!"

아지매가 배를 잡고 거들었다.

"맞제, 이장님 그때 완전 홍길동이었제! 우리 집 와서도 '아들놈 서울 가서 에쿠스 타고 내려올 끼다'라고 호언장담을 안 했나!"

"그래! 그때 기세로는 동네 아들 전부 서울대 보내고도 남을 판이었다니까! 내 기대가 대~에따 컸다, 알제?"

그때 트럭 한 대가 '콰아앙' 하고 식당 앞을 지나가자, 천장의 형광등이 겁을 집어먹고 달달 떨렸다. 이장은 그 진동을 온몸으로 느끼며 입꼬리를 씩 올렸다.

"들리나? 요 소리! 이기 바로 발전 소리다! 발! 전! 소! 리!"

식당 안 사람들은 일제히 박수를 쳤다.

"이번엔 진짜다!"

"서동 만세다!"

고함과 밥그릇 부딪치는 소리가 뒤섞여 갈대만은 거대한 축제장 같았다. 굴착기 팔이 하늘을 쿡쿡 찌를 때마다 서동 사람들의 콧대도 같이 높아졌다.

그러던 어느 날 아침. 거짓말처럼 '음소거' 버튼이 눌렸다.

비가 와서 쉬는 줄 알았다. 이장도 "장비들도 기름칠 좀 해야제" 하며 느긋하게 숭늉을 들이켰다.

그런데 이틀, 사흘…, 트럭의 경적 대신 까마귀 소리가 들리기 시작했다. 크레인은 팔을 반쯤 든 채로 굳어버렸고, 굴착기는 측구를 파다 만 채 '나 버림받았소' 하는 표정으로 멍하니 서 있었다.

아지매가 커피포트를 든 채 문밖을 내다보며 허전하게 물었다.

"이장님요… 오늘도 아무 소리 없데에. 장비들이 다 어디 갔노?"

이장은 애써 태연한 척했지만, 젓가락을 쥔 손끝이 가늘게 떨렸다.

"정비한다 카더라… 금방 오겠지, 금방."

다음 날 아침, 현장 사무실 문에 붙은 종이 한 장이 사형 선고처럼 펄럭였다.

7장
발전의 소리, 혹은 정전의 비명

[공사 중단 알림. 추후 일정 미정.]

설명해 주는 놈도, 미안하다는 놈도 없었다. 형광 조끼 인부들도, 농담 따먹기 하던 기사들도 유령처럼 증발했다. 마을은 순식간에 웅성거림으로 가득 찼다.

"돈줄이 막혔다카대!"

"인부들 밤사이에 다 튀었단다!"

식당 안에는 이제 숟가락 부딪치는 소리조차 민망할 정도의 정적이 깔렸다. 이장은 그 종이를 한참 노려보다가 갑자기 무릎을 '딱!' 치며 비명을 질렀다.

"아이고! 이래 느닷없이 셔터 내려뿌면 내는 뭐가 되노! 내 그때 동네방네 신발 밑창 닳도록 뛰댕겼던 건 뭣이 되냔 말이다! 사람을 아주 바보 천치로 만들어뿌네!"

아지매는 허탈하게 행주를 내려놓았다.

"밥손님도 뚝 끊기고… 마을이 요래 조용한 기, 꼭 전구 나간 놀이공원 같네예."

그날 오후, 갈대만은 벙어리가 된 것처럼 고요했다. 굉음도, 웃음도, 허세도 사라진 자리에는 오직 차가운 바람만이 까만 아스팔트 위를 사각사각 스쳐 지나갈 뿐이었다. 마치 누군가 서동의 희망에 장난질이라도 친 것처럼, 화려했던 꿈은 지독한 숙취만을 남기고 사라졌다.

8장
파국에서의
패싸움

　마을회관은 이미 거대한 압력밥솥이었다. 트럭 소리가 멈춘 그
날, 누가 종을 친 것도 아닌데 사람들은 자석에 끌린 철가루처럼
회관으로 꾸역꾸역 모여들었다. 부채질하는 할매들의 손목은 분주
했고, 팔짱 낀 아재들의 미간에는 깊은 골이 파였다. 식당 아지매
가 들고 온 커피포트에서는 단내 섞인 김이 솟았지만, 방 안을 채
운 건 사람 냄새와 땀 냄새, 그리고 곧 터질 것 같은 살벌한 흥분
냄새였다.

　그때, 마을회관 문이 비명 같은 소리를 내며 벌컥 열렸다. 동네
서 성깔로 둘째가라면 서러운 박 씨가 들어왔다. 그의 손에는 구겨
진 종이 한 장이 들려 있었고, 얼굴은 이미 잘 익은 석류처럼 울그
락푸르락했다.

　"와! 이기 뭔지 아나! 내가 현장사무실 문짝에 붙어 있던 거 확
뜯어왔다 아이가!"

사람들이 벌떼처럼 그를 둘러싸자 박 씨는 종이를 깃발처럼 흔들며 고함을 질렀다.

"보소! '공사 중단! 추후 일정은 다시 공지!' 이래 적혀있다 아이가! 근데, 이기, 이기 사실이가? 뭔 개떡 같은 소리고!"

박 씨는 종이를 바닥에 팽개치고는 흙 묻은 작업화로 '퍽' 소리가 나게 밟았다. 먼지가 일었지만 누구도 개의치 않았다.

"아이고야 씨… 이거 진짜 끝장난 기 맞다! 니들 봤나? 굴착기 팔은 힘 빠진 영감탱이마냥 주저앉아 있고 트럭은 꽁무니도 안 보인다. 인부 놈들도 야반도주하듯 짐 싸서 다 튀었단 말이다! 이기 지금 우리를 사람 취급 안 하는 거 아이가!"

회관 안이 "뭐라꼬?" "진짜가?" 하는 비명으로 뒤덮일 때쯤, 회관 구석에 떡하니 버티고 앉아 있던 '장비 사장' 최 씨가 콧방귀를 뀌며 일어났다. 그는 군청 수의계약을 독점하며 평소 동네 사람들에게 은근히 목에 힘을 주던 인물이었다.

"야! 박 씨! 니 너무 나간다 아이가! 군수님이 이거 일부러 멈췄겠나? 다 업체 사정이 있는 기다! 군수님이 니보다 백 배는 더 바쁘고 속 타신다!"

그러자 앞줄에 있던 아재가 종이컵을 구기며 쏘아붙였다.

"아이구~ 군수님 지킴이 등장해부렀어~ 수의계약 떨어질까 벌벌 떠는 소리가 사방에 들린다, 들려!"

최 씨는 얼굴이 벌게졌다가 이내 가소롭다는 듯 표정을 가다듬고는, 마치 철없는 애들 훈계하듯 느릿하게 말을 꺼냈다.

"하… 참말로, 와 그리 다들 무식하기요. 이기 다 고 모시고… 낙수효과라는 기 아인교. 낙수효과. 거 모르믄 가만있으쇼. 산단이 잘 굴러가야 서동이 발전하고, 마을도 잘되고, 그래야 니들도 잘 사는 기다."

최 씨는 '내가 이런 기본적인 것도 설명해야 되나' 하는 표정으로 고개를 절레절레 흔들며 덧붙였다. 그러자 앞줄에 있던 장수 아재가 황당한 듯 눈을 동그랗게 뜨고 소리쳤다.

"뭐라꼬? 낙수효과? 니 군수님 지킴이도 모자라서 경제학자 놀이하나?"

최 씨는 화를 낼 듯하다가 이내 눈을 슬쩍 아래로 깔고는, '가르쳐 줄게, 잘 들어라' 하는 사람처럼 콧잔등을 씩 올리며 비아냥거렸다.

"이보소, 아재. 아재도 참 답답하오. 내 그리 무식한 줄은 몰랐는데, 낙수효과가 뭔지도 모르요? 이래가꼬 뭔 놈의 마을 얘기를 하겠소? 맨날 니 편 내 편 하고 괜히 군수님 흠만 잡을라 카지. 박 씨 니도 단디 듣고 떠들든가 하그래이. 사업이라는 게 말이다, 멀~리 보고 가는 기다! 그래야 니 입구녕에 밥이 들어가는 거 아이가. 아이고 참말로… 내가 이걸 또 설명하고 앉았네."

박 씨가 최 씨의 코앞까지 얼굴을 들이밀며 으르렁거렸다.

"낙수효과? 그게 '낙수落水'가 아니라 윗놈들 침 흘리는 '낙침효

8장
파국에서의 패싸움

과'겠지! 니 배때지만 불리고 우리 논밭은 먼지만 날리는데 뭔 놈의 낙수고! 니, 군청 밑바닥 닦아주고 받은 돈으로 이번에 차 바꿨다 메? 우리 아들내미는 현장 알바도 못 구하는데, 니는 조카까지 불러다 장비 앉혔다 아이가! 이기 니가 말하는 낙수가? '독수獨收' 아이고?"

"뭐라꼬? 이 새끼가 진짜!"

회관 안은 순식간에 이전투구의 장으로 변했다. 욕설이 오가고 삿대질이 허공을 갈랐다.

앞줄에서 부채질하던 할매들이 애처로운 눈빛으로 그들을 바라봤다.

"아이고, 싸우지 마라… 앞집 뒷집 살면서 이게 무슨 망신이고…" 평소 인자하던 할매들의 목소리는 이미 피가 거꾸로 솟은 사내들의 고함에 속절없이 묻혔다.

그 아수라장의 입구, 신발장 근처에 진두리가 서 있었다.

서울에서 온갖 영악한 빚쟁이들을 상대하던 그녀의 눈에, 이 광경은 슬프다기보다 기괴했다. 고향에 놀러 왔다가 친구 대신 고구마 배달하러 와서 본 풍경치고는 너무 적나라했다. 범인은 저 멀리 군청 안락의자에 앉아 있는데, 정작 매 맞은 피해자들끼리 서로의 목줄을 물어뜯는 이 '지방 특산 사기극'은 막장소설보다 더 황당하고 씁쓸했다.

두리는 찌그러진 문틈에 기대서서 차갑게 중얼거렸다. '지옥이

따로 없네. 범인은 딴 데 있는데, 피해자들끼리 서로 물어뜯고 있으니.'

두리의 시선은 최 씨의 번들거리는 구두와 박 씨의 흙 묻은 작업화 사이를 오갔다. 누군가 판을 짜놓고 튄 뒤에 남겨진 피해자들의 패싸움. 그녀는 익숙하게 스마트폰 녹음 버튼을 눌렀다.

그때, 문이 '쾅!' 하고 다시 열리며 이장이 등장했다. 모자는 삐뚤어지고 눈은 토끼처럼 충혈된 채였다.

"이기 무슨 난리고! 와들 이카는데! 내가 지금 당장 군청 가가 군수든 계장이든 멱살 잡고 확실히 듣고 올 테니까, 다들 여기서 기다리소!"

이장이 씩씩거리며 뛰쳐나가자, 두리는 한 박자 늦게 고양이처럼 그 뒤를 밟았다. 아무도 그녀를 주목하지 않았지만, 두리의 입가에는 대형 사고를 치기 직전의 주인공들이 짓는 특유의 엉큼한 미소가 걸려있었다.

'이장님, 혼자 가선 씨알도 안 먹힐 텐데. 가이드가 좀 필요하겠어.'

8장
파국에서의 패싸움

서동군청 복도는 마치 공기가 굳어버린 냉동고 같았다. 이장은
그 굳은 공기를 뚫고 2층 군수실로 멧돼지처럼 돌진했다. 서울에서
닳고 닳은 인간들만 상대하던 진두리는 2미터 뒤에서 그 광경을 흥
미진진하게 관람했다.

"군수님 어데 계십니꺼! 마을 난리 났습니더! 지금 당장 면담 좀
해야겠심더!"

이장이 군수실 문을 발로 차듯 열어젖혔다. 비서실 직원은 세상
만사 다 귀찮다는 듯 책상에 삐딱하게 기대어 눈을 반쯤 감은 채
대꾸했다.

"어… 군수님은 지금 바쁘신데에…."

"바쁘긴 뭐가 바쁘노! 사람들 뒤집혀 놀고 있다 아이가! 얼른 불
러라!"

직원이 서류 뭉치를 만지작거리며 으물거리자, 뒤쪽 그늘에 숨어

있던 진두리가 콧방귀를 뀌며 중얼거렸다.

"군수는 도망친 거야? 전형적인 꼬리 자르기네. 뻔하다, 뻔해."

잠시 후, 재무과 계장 하나가 뱃살을 슥 쓸어내리며 느릿하게 걸어 나왔다. 마치 '귀찮은 파리가 꼬였네' 하는 표정이 역력했다.

"아이고 이장님… 약속도 없이 이리 오시면."

"약속? 약속은 무슨 약속이고! 공사 멈췄다카면 니들이 먼저 뛰어다녀야 되는 거 아이가!"

"그게… 업체 사정이 좀…."

"업체 사정이 뭔데! 뭐가 어떻게 됐는지 딱 말해라. 짐 장난하나? 트럭 다 빠지고 공고문 달랑 붙여놓고!"

계장은 당황해 눈을 데굴데굴 굴리며 슬쩍 뒤로 물러섰다.

"아… 그걸 지금 파악 중이라…."

"파악이란 말 좀 그만 해라! 니들 맨날 파악 파악. 마을이 뒤집혔다! 뭐가 진짜 문제인지 내한테 지금 당장 말하라카이!"

계장이 진땀을 흘리며 진정하라고 손사래를 치던 그때였다. 복도 끝에서 구두굽 소리가 리듬감 있게 울리기 시작했다.

딱… 딱… 딱….

진두리는 눈썹을 살짝 올리며 속으로 생각했다.

'나왔다… 빌런 등장 씬. 조명판이라도 하나 들어줘야 하나?'

회전문이 열리듯, 주파산 군수가 수행 직원 둘을 거느리고 위엄 있게 모습을 드러냈다. 넥타이는 목을 조를 듯 빳빳했고, 표정은 마

9장
벌거숭이 임금님 놀이

치 국권을 빼앗긴 사람처럼 예민했다.

이장이 재빨리 군수를 향해 가로막았다.

"군수님! 잠깐만 보입시더! 마을이 뒤집혔는데 뭐라 말씀이라도 해주셔야…"

군수가 다가오더니 손바닥을 번쩍 들어 이장의 코앞에서 딱 멈춰 세웠다. 마치 하등 생물에게 '정지' 명령을 내리는 조련사 같았다.

"지금 바쁜 기 안 보이요! 그라니깐 잘 알지도 못하믄서 함부로 끼지 말고, 민원은 민원 창구로 가그레이!"

"군수님!"

"괜한 소란 만들지 마라, 이장! 니 이리 발광 치니까 더 시끄럽지 않나! 아이고 참…"

군수의 목소리가 칼날처럼 서늘해졌다.

"니 알 건 없고! 업체 사정이다, 업체 사정! 니 뭔데 자꾸 따지고 드노!"

"군수님…, 우리 서동 사람입니더. 설명받을 자격…"

군수가 코웃음을 '칵' 하고 터뜨렸다. 비릿한 비웃음이 그의 눈가에 걸렸다.

"자격? 자격은 누가 줬는데? 내가 준 적 있나?"

복도에 무거운 침묵이 깔렸다. 군수는 굳어버린 이장을 내려다보며 도발 그 자체인 마지막 한마디를 던졌다.

"니 일이나 잘 혀라. 행정은 우리가 알아서 한다. 그리고, 내 바쁜 거 안 보이노? 눈깔은 뒀다가 뭐할 낀데?"

군수가 구두 소리를 울리며 사라지자, 이장은 주먹을 꽉 쥔 채 부르르 떨었다. 지금 입술을 열면 그대로 주먹이 나갈 것 같은 짐승 같은 분노였다.

진두리는 그 장면을 숨도 못 쉬고 지켜보았다.

'왜 이렇게 익숙하지?'

힘 약한 사람에게 "니가 뭔데" 하고 윽박지르는 모습. 사람의 목소리가 아니라 권력이라는 짐승이 으르렁대는 소리. 진두리는 서울에서 처음 '빚에 짓눌린 사람들'의 편에 서겠다고 결심했던 그 비릿한 순간을 떠올렸다.

군수는 떠났고 계장은 진땀만 흘리고 있었다. 진두리는 멀어져가는 군수의 빳빳한 뒤통수를 조용히 노려봤다. 아직은 관객일 뿐이지만, 손바닥이 간질거렸다.

'저 무능한 자존심을 확 긁어버리고 싶은데…'

하지만 그녀는 아직 서울 상담소에 남겨진 수천 명의 채무자가 눈에 밟혔다. 지금 여기서 저 '벌거숭이 임금님'의 옷을 벗기기엔 서동의 바람이 아직은 차가웠다.

두리는 부르르 떠는 이장의 어깨를 툭 쳤다.

"이장님, 이제 가요. 여기선 대화가 안 돼요. 인간이 아니라 벽하고 얘기하는 기분이라."

군청을 나서는 두리의 발걸음은 무거웠다. 서울행 버스에 오르

9장
벌거숭이 임금님 놀이

기 전, 그녀는 멀리 멈춰버린 갈대만 크레인을 한 번 더 돌아보았다.

'기다려라, 서동. 서울 일 좀 정리하고 오면… 그때는 내가 똑똑히 보여줄 테니까.'

두리는 아쉬움을 뒤로한 채 버스 창가에 머리를 기댔다. 하지만 그녀의 스마트폰 녹음기는 군수의 그 오만한 목소리를 한 자도 빠짐없이 품고 있었다.

당신의
빚이
탕감되었습니다

1장

숨쉬고
살수 있을까

명절 휴유증을 끌어안고 서울로 돌아왔다. 좁은 원룸에 들어서자 낡은 전기난로가 '틱, 틱' 소리를 내며 예열을 시작했다. 겨울 냄새와 먼지 냄새가 뒤섞인, 지극히 '서울스러운' 공기였다.

두리는 가방을 던져두고 다시 코트를 꿰어 입었다. 목적지는 자신이 운영하는 작은 시민단체 사무실.

세상은 그곳을 찾는 이들을 '불쌍한 사람들'이라 부르지만, 두리의 생각은 달랐다. 그들은 불쌍한 게 아니라 그저 운이 좀 없었을 뿐인, 엄연한 권리를 가진 시민들이다.

사무실 문을 열자 오래된 냉난방기가 노인네 신음 같은 소리를 내며 돌아갔다. 책상 위엔 채무조정 신청서가 산더미였다. 의자에 엉덩이를 붙이자 서동의 기억이 머릿속을 스쳐 갔다.

멈춰버린 굴착기, 바람에 펄럭이는 파란 펜스, 그리고 마을회관을 가득 채웠던 그 탁한 울음소리들.

"다시 할 기라! 다시!"

할매의 외침이 서울의 찬 공기 속에서도 여전히 웅웅거렸다. 시간이 걸릴 테다. 하지만 멈출 생각은 없었다.

그때, 휴대폰이 책상 위에서 요란하게 몸을 떨었다. 저장되지 않은 번호.

"여보세요, 진두리입니다."

"저…, 혹시 채무조정 상담하는 곳인가요?"

조심스러운 여자의 목소리. 하루에 열 번도 넘게 듣는 뻔한 레퍼토리지만, 이번엔 좀 달랐다. 숨소리에 습기가 가득했다.

"천천히 말씀하셔도 됩니다. 많이 힘드셨죠?"

여자의 사연은 흔하디흔한 비극이었다.

7년 전 접어버린 식당, 남겨진 카드론 2천만 원, 그리고 홀로 키우는 아이. 친구 집에 얹혀살며 보증금을 모아 이사를 하자마자, 귀신같이 알고 독촉이 시작되었다고 했다.

"언니, 지금 독촉하는 곳, 원래 카드사 아니죠?"

"네…, 채권을 양도받았대요. 이제 자기들한테 갚으라는데…, 법원에서도 자꾸 뭐가 오고…, 무서워서 뜯어보지도 못했어요."

두리는 펜을 돌리며 물었다.

"그동안 얼마나 갚았어요?"

"4년 동안… 1,500만 원 정도요."

"그런데 지금 잔액은요?"

"2,700이래요. 이자가 붙어서… 갚아도 갚아도 늘어나기만 해요. 직장에도 전화가 오고, 애 앞에서도 '언제 갚냐'고 소리를 질러대니…."

여자의 목소리가 떨리다 못해 바스라졌다.

"저…, 정말 다시 평범하게 살 수 있을까요?"

두리는 창밖을 보았다. 남산 쪽에서 내려온 겨울 햇살이 창문에 하얗게 부딪히고 있었다. 감상에 젖을 여유는 없다.

"네, 살 수 있습니다. 그런 억지 부리는 놈들 떼어내는 게 제 전공이거든요. 길은 제가 찾을 테니, 언니는 숨 쉬는 것부터 하세요."

전화가 끊겼다. 두리는 한참 동안 창밖을 응시했다. 서동 할매의 외침과 서울 한복판 젊은 엄마의 울음소리가 하나로 겹쳤다.

두리는 펜을 들어 메모지 맨 윗장에 휘갈겨 썼다.

결국은 사람이다. 그것 말고는 중요한 게 없다.

두리와 통화한 지 사흘째 되는 날이었다. 영진은 반지하 방에서 빨래를 개고 있었다. 습기 머금은 면 티셔츠에서 꿉꿉한 냄새가 났다. 이불 위에 앉아 수학 문제를 풀던 아들이 툭 던졌다.

"엄마, 오늘 좀 맛있는 거 먹자. 배고파."

영진은 억지로 입꼬리를 당겨 웃어 보였다.

"그래, 오늘은 좀 좋은 거 먹자."

그 평화가 깨진 건 지극히 무례한 박자의 소음 때문이었다.

쿵, 쿵, 쿵.

반지하 복도 전체를 흔드는 단단한 금속성 소리에 아들이 쥐고 있던 펜을 떨어뜨렸다.

영진은 문고리를 잡은 채 얼어붙었다. 문 너머에서 가공되지 않은 남자의 목소리가 들렸다.

"○○○ 씨 맞으시죠? 재산명시 기일 불출석 건으로 감치 결정

집행하러 왔습니다. 문 열어주세요."

철컥. 문을 열자, 제복을 입은 경찰 둘과 서류 뭉치를 옆구리에 낀 사내 하나가 무표정하게 서 있었다.

"감치요? 불출석요? 네? 그게… 그게 무슨 말씀이세요? 저는 재판 같은 거 간 적 없는데요?"

사내는 영진의 당혹감 따위는 안중에도 없다는 듯, 익숙하게 서류를 펼쳐 보였다.

"법원에서 우편물 받으셨을 거 아닙니까. 재산 목록 적어서 내라고 오라는 날 안 오셨죠? 그래서 유치장 좀 가셔야겠습니다."

그제야 영진의 머릿속에 신발장 구석, 먼지 쌓인 누런 봉투들이 파노라마처럼 스쳐 갔다. 뜯어봤자 '죽어라'는 독촉장뿐이겠거니 싶어 외면했던 종이들. 그 무심한 봉투 속에 이런 덫이 숨어있었을 줄이야.

"저기, 형사님. 제가 정말 몰라서 그랬어요. 지금이라도 적어내면 안 될까요? 아이가 배고프다고 해서 이제 막 밥도 하려고 했는데…"

"우린 집행하러 온 사람들입니다. 사정은 판사님한테 가서 하시고, 일단 가시죠."

경찰은 귀찮다는 듯 손목시계를 힐끗거렸다.

그들에게 영진은 '사연 있는 여자'가 아니라, 퇴근 전 빨리 해치워야 할 '서류 한 장'에 불과했다. 옆에 서 있던 경찰 하나가 방 안에서 겁에 질린 아들을 발견하고는 혀를 짧게 찼다.

"애 보호자가 없네. 어쩔 수 없지. 애야, 너도 옷 입어라. 엄마랑 같이 가야겠다."

영진은 무릎에 힘이 풀려 복도 바닥에 주저앉았다. 아들이 울먹이며 물었다.

"엄마…, 나도 감옥 가? 나 무슨 잘못했어?"

그 질문에 대답해 주는 어른은 아무도 없었다. 집행관은 영진이 주저앉든 말든 이미 다음 집행지 주소를 확인하고 있었고, 경찰은 아들이 신발을 제대로 신는지 감시할 뿐이었다.

21세기 서울 한복판, 2천만 원의 빚은 그렇게 모자를 길바닥의 낙엽처럼 쓸어 담아 구치소라는 거대한 쓰레기통에 처넣었다.

경찰은 영진을 유치장 안으로 밀어 넣었다. 철창이 닫히는 소리는 차가웠다. 하지만 더 차가운 건 영진의 손을 놓아야 했던 아들의 얼굴이었다.

"애는 저기 숙직실에서 재울 테니까 걱정 마쇼. 거긴 담요도 두툼하니까."

경찰은 대단한 선심이라도 쓰는 양 턱짓으로 복도 끝 방을 가리켰다. 영진은 창살 너머로 아들을 바라봤다. 아들은 경찰서 숙직실의 낡은 소파 옆, 낯선 어른들의 짐이 가득한 방 한구석에 덩그러니 남겨졌다. 유치장 쇠창살과 숙직실 문 하나. 그 짧은 거리 사이에는 20년의 세월만큼이나 깊은 단절이 놓여 있었다.

영진은 딱딱한 마루판 위에 누워 천장의 형광등을 바라봤다. 잠이 올 리 없었다.

벽 너머에서 아들의 목소리가 들리는 것 같아 귀를 기울였다.

"엄마, 우리 왜 여기 있어?"

대답을 해줄 수가 없었다.

영진은 차가운 바닥에 뺨을 댄 채, 벽 너머에 있을 아들의 머리칼을 쓰다듬듯 허공에 손을 휘저었다. 조용히 흐르는 눈물이 유치장의 먼지 낀 바닥을 적셨다.

다음 날 아침, 유치장 문이 열렸다. 퉁퉁 부은 눈을 한 아들이 숙직실에서 걸어 나왔다. 경찰은 밤새 낯선 방에서 혼자 떨었을 아이의 안부 따위는 묻지 않았다. 그저 영진과 아이를 한 차에 태워 법원으로 호송할 뿐이었다.

법원 지하 대기실. 영진은 '재산명시서'라는 종이 앞에 섰다.

적을 게 없었다. 낡은 가전제품 몇 개와 바닥난 통장 잔고. 직원은 영진의 사연에는 1밀리그램의 관심도 없다는 듯 도장을 쾅 찍었다.

"귀가하셔도 됩니다."

아들은 그 말을 듣자마자 숨죽여 울음을 터뜨렸다.

영진은 아들의 힘이 빠진 손을 잡고 밖으로 나갔다.

세상은 어제와 똑같이 돌아가고 있었지만, 둘에게는 모든 게 변한 것처럼 느껴졌다.

두리가 오전 내내 방문 상담으로 바쁘게 뛰어다니고 있던 그 시간.

아들을 서둘러 학교로 들여보낸 영진은 정문 앞 난간에 멍하니 기대앉았다. 교문 안으로 사라지는 아이의 작은 등을 보며 그녀는 하수구 구멍을 내려다봤다.

'저 틈으로 스며들어, 그냥 사라질 수 있다면. 그냥.'

영진의 발끝이 도로 쪽으로 기울어질 때, 환청처럼 아이의 목소리가 들렸다.

"엄마, 어디 가?"

그 환청에 영진은 얼굴을 감싸 쥐고 무너졌다. 그리고 가야 할 단 한 곳, 두리의 사무실을 떠올렸다.

그녀는 정신없이 대중교통을 갈아타며 두리의 사무실로 향했다. 휴대폰 배터리는 이미 1%.

그마저도 꺼져버렸다.

사무실 문 앞에 도착했을 때 두리는 없었다.

영진은 기력도 빠진 채 밖 계단 모서리에 쭈그려 앉았다. 외투 주머니에 손을 넣고 가녀린 어깨를 움츠린 채 눈을 감았다. 잠이 든 건지 기절한 건지 알 수 없었다.

두리가 외부 상담을 마치고 돌아와 문손잡이를 잡은 순간, 낯선 사람이 사무실 벽에 기대 쭈그려 앉아 잠들어 있었다. 퇴근한 주민이 잠깐 쉬는 건 아닐까? 노숙인인가?

두리는 한 걸음 물러섰다. 손에 들고 있던 서류철을 떨어뜨릴 뻔하며 숨을 삼켰다.

조심스레 다가가 낯선 여성의 얼굴을 살폈다. 머리카락엔 먼지, 손등엔 파랗게 눌린 자국. 입술은 갈라지고 피도 말라붙어 있었다.

두리는 망설이다가, 쪼그려 앉아 여성의 어깨에 살짝 손을 얹었다.

"저기요? 괜찮으세요? 어디… 불편하신 거 아니에요?"

여성의 눈꺼풀이 떨렸다.

천천히, 아주 느리게 열렸다.

말라붙은 소금기 흔적이 눈가에 걸려 있었다.

여성은 두리의 얼굴을 확인하는 데 마지막 힘을 쓴 듯, 숨을 한 번 두 번 삼켰다. 그리고 마침내 쉰 목소리가 새어 나왔다.

"두리… 씨죠?"

두리는 깜짝 놀라며 몸을 일으켰다.

"네? 저… 누군데요? 저를 아는 분이세요?"

여성은 손으로 기어서 두리의 소매를 잡았다.

"저… 영진이에요… 전화… 했던…."

순간, 두리의 표정이 얼어붙었다. 숨이 턱하고 멎었다.

"영진… 선생님?"

영진이 말 대신 고개를 아주 미세하게 끄덕였다.

그 끄덕임 하나에 지난 통화들의 숨결이 모두 실체를 얻어 다가왔다.

두리는 급히 영진의 몸을 부축해 안으로 들이며 의자에 앉히고, 따뜻한 차 한잔을 권했다.

"선생님, 무슨 일 있었던 거예요? 천천히⋯, 숨부터 고르고 말씀하세요."

영진은 두 손으로 따뜻한 종이컵을 감싸며 한참을 버티다가 드디어 입을 열었다.

"어제⋯ 경찰이⋯ 왔어요."

목소리는 부서질 것 같은 잔잔한 유리 조각.

두리는 의자 끝에 앉아 영진에게 더 가까이 다가섰다.

"경찰이요? 선생님한테요? 왜⋯ 무슨 이유로요?"

영진은 눈을 감고 숨을 삼킨 후 지옥의 기억을 다시 꺼내야 했다.

"재산명시⋯법원⋯ 감치⋯ 애랑⋯하룻밤⋯."

단어가 하나 떨어질 때마다 두리의 표정이 점점 더 굳어졌다.

영진은 입술을 떨며 마무리했다.

"저⋯ 이젠⋯ 어떻게 해야 돼요?"

두리는 숨을 들이켜는 것조차 잊었다. 명치 끝에서부터 뜨거운 덩어리가 울컥 치밀어 올라 식도를 태웠다. 울고 싶은 건 영진일 텐데, 정작 주먹을 꽉 쥔 건 두리였다.

두리는 떨리는 목소리를 억누르며 영진의 눈을 똑바로 응시했다. 확신이 서지 않는 말은 내뱉지 않는 것이 두리의 원칙이었지만, 이번만큼은 예외였다.

"선생님, 이거 정상이 아니에요. 세상이 미쳐 돌아가는 거라고요."

영진의 가느다란 손이 두리의 소매를 붙들었다. 금방이라도 끊어질 듯 위태로운 손이었다.

"두리 씨⋯ 제발⋯ 제발 살려주세요."

눈시울이 뜨거워졌지만 두리는 눈을 깜빡여 열기를 쫓아버렸다. 지금 필요한 건 함께 울어줄 이웃사촌이 아니라, 이 지옥 같은 게임의 판을 엎어버릴 타짜였다. 두리는 마디마디가 툭 불거진 영진의 손을 두 손으로 덮어 눌렀다.

"선생님, 걱정하지 마세요. 살려드릴게요."

두리의 목소리는 낮았지만, 사무실의 웅웅거리는 냉난방기 소리를 뚫고 선명하게 울렸다.

"그리고 약속할게요. 이런 말도 안 되는 일이 두 번 다시 선생님 인생을 헤집어 놓지 못하게 하겠다고."

3장
좀비 사냥꾼의
탄생

그날 저녁, 두리는 사무실 불도 켜지 않은 채 책상 앞에 앉아 있었다. 창밖 가로등 불빛이 창틀을 타고 들어와 사무실을 눅진한 카레 색으로 물들였다. 그 빛줄기 속에서 두리의 눈가가 번들거렸다.

"저… 아들하고… 경찰서 숙직실에서 잤어요."

영진의 그 힘없는 목소리가 귓가에서 파리처럼 윙윙거렸다. 두리는 명치 끝을 주먹으로 꾹 눌렀다. 억울해서 숨이 막혔다. 대체 이 세상은 어떻게 설계됐길래, 돈 빌린 사람은 애 손을 잡고 유치장 근처를 기웃거려야 하고, 돈 빌려준 놈들은 에어컨 빵빵한 사무실에서 이자 계산기나 두드리고 있는 걸까.

두리는 책상 위 인쇄물 더미를 신경질적으로 뒤적였다. 일 년 전, 마치 예언서라도 발견한 듯 스크랩해 둔 미국 기사 번역본이 손에 잡혔다.

'월스트리트를 점령하라!(Occupy Wall Street!)'

금융위기 때 전 세계를 뒤흔든 그 괴짜들의 반란. "우리는 99%다"라고 외치던 그들은 단순히 구호만 외친 게 아니었다.

그들은 일종의 '빚 소각 작전'을 벌였다. 금융사들이 '쓰레기'라고 버린 장기 연체 채권 150억 원어치를 헐값에 사들여서는, 그걸 보란 듯이 불태워 버렸다. 채권이 재가 되는 순간, 수천 명의 인생에 붙어 있던 '빨간 딱지'가 마법처럼 사라졌다.

두리는 그 대목을 읽으며 픽 웃음을 터뜨렸다.

"이거네. 이거야."

채권을 없애버리면 사람이 산다. 논리는 간단했다.

은행은 떼인 돈이라며 채권을 대부업체에 단돈 몇만 원에 팔아넘긴다. 대부업체는 그 죽은 줄 알았던 '좀비 채권'에 전기충격기를 대서 살려낸 뒤, 채무자의 평생을 쫓아다니며 피를 빨아먹는다. 그리고 영진 같은 사람을 경찰서로 끌고 간다.

이건 금융이 아니라 공포 영화였다. 그렇다면 방법은 하나다. 좀비들이 활개 치기 전에 그 채권이라는 이름의 심장을 직접 사서 없애버리는 것.

두리는 노트를 펼쳐 매직으로 큼지막하게 휘갈겼다.

1. 시민들이 돈을 모은다 (십시일반, 개미들의 반격).

2. 대부업체보다 먼저 채권을 사버린다.

3. 그리고… 화끈하게 태워버린다.

글씨가 종이를 뚫을 기세였다. 두리는 마지막으로 이 미친 작전의 본부 이름을 적었다.

'새출발은행: 지상에 없는 은행'

돈을 뜯어내는 은행이 아니라, 빚을 지워버리는 은행. 세상에서 가장 수익률이 낮지만, 가장 사람 냄새 나는 은행. 두리는 휴대폰을 집어 들고 영진에게 문자를 보냈다.

'영진샘, 나 방금 은행 하나 차렸어요. 우리, 저 좀비 놈들 다 태워버립시다.'

창밖의 노란 가로등 빛이 두리의 눈동자 속에서 장난기 섞인 분노로 일렁였다. 이제 지옥 같은 게임의 룰을 바꿀 시간이었다.

영진에게 문자를 보내고 일주일도 채 되지 않았을 때였다. '새출발은행'이라는 가당치도 않은 간판을 종이에 써서 사무실 문에 붙여놓자마자, 두 번째 손님이 찾아왔다.

"직접 찾아뵈어도… 될까요?"

전화기 너머의 목소리는 툭 치면 바스러질 것처럼 위태로웠다. 두리는 망설임 없이 답했다.

"예, 오세요. 차는 제가 탈게요. 그냥 몸만 오세요."

그날 오후, 낡은 엘리베이터가 고철 긁는 소리를 내며 멈추고 마른 체구의 여자가 조심스레 들어왔다.

"진두리… 선생님이세요?"

"선생은 무슨요. 그냥 두리라고 부르세요. 여기 앉으시죠."

여자는 허리를 반쯤 접어 인사하더니 의자 끝에 겨우 엉덩이를 걸쳤다. 가명으로 '이미옥'이라 불러달라는 그녀의 사연은, 예상대로 전형적인 '남의 죄 뒤집어쓰기'였다.

2000년, 전남편이 그녀 몰래 자동차 담보로 빌린 450만 원. 이혼한 지 한참이 지나서야 대부업체가 나타나 이자에 이자를 더해 1,600만 원을 내놓으라고 독촉을 시작했단다.

"이전에도 남편 빚을 대신 갚으신 적 있어요?"

미옥은 씁쓸하게 웃었다.

"예. 대부업체에서 날아온 300만 원짜리 빚을 두 번이나 갚았어요. 1년 내내 가정관리사 일해서 죽어라 모은 돈이었는데…, '사정은 남편한테 말하라'고만 하니까요."

전남편은 폭력으로 구치소까지 다녀온 위인이었다. 두리는 서류를 '탁' 소리 나게 덮었다. 미옥이 어깨를 움찔했다.

"미옥 씨."

두리가 고개를 까딱이며 단도직입적으로 말했다.

"이거, 다 안 갚아도 돼요."

미옥의 눈동자가 지진이라도 난 듯 흔들렸다.

"네? 그게… 무슨?"

두리는 의자를 끌어당겨 미옥에게 바짝 다가앉았다.

"미옥 씨, 이게 이 바닥의 '땡처리' 원리예요. 처음에 돈 빌려준 캐피탈 회사는 이 빚을 포기하고 버린 겁니다. 그걸 대부업체가 시장에서 사 온 건데, 10년 넘게 묵은 이런 채권은 원금의 1%도 안 되는 가격에 거래돼요. 계산해 볼까요? 아마 그쪽 사장은 이 빚을 4만 5천 원 정도 주고 샀을 겁니다."

"4만 원요? 그런데 저한테는 1,600만 원을 갚으라고…."

"그게 좀비 채권 시장의 판돈이에요. 아무것도 모르는 사람한테 공포심을 팔아서 300배 넘는 장사를 하는 거죠. 자, 미옥 씨. 지금 얼마쯤 마련하실 수 있어요?"

미옥이 머뭇거리다 대답했다. 매달 30만 원씩 가정관리사 일을 하며 모은 적금, 그걸 깨면 150만 원 정도가 된다고 했다. 두리는 그 말을 부드럽게 잘랐다.

"그럼, 100만 원만 씁시다."

미옥의 입이 쩍 벌어졌다. 1,600만 원이 100만 원이 되는 기적의 계산법이었다.

"1%인 4만 5천 원에 산 사람들에게 100만 원 주는 거면, 그 사람들은 앉은자리에서 20배 수익을 보는 거예요. 아주 노다지를 캐는 셈이죠. 그러니까 당당하게 말합시다. '100만 원 줄 테니까 종결하자', 그 이상은 한 푼도 못 줍니다."

미옥은 자신의 손등에 튀어나온 핏줄을 멍하니 내려다봤다.

3장
좀비 사냥꾼의 탄생

"정말… 정말 그렇게 되는 날이 올까요?"

두리는 특유의 싱거운 웃음을 지어 보였다.

"우리가 만들면 됩니다. 제가 이런 거 전문이거든요. 하하!"

두리는 곧장 수화기를 들었다. 미옥은 숨을 죽인 채 두리의 입술만 바라봤다. 이제부터 '지상에 없는 은행'의 실전 협상이 시작될 참이었다.

4장
땡처리 채권의
유통기한

두리는 번호를 누르고 잠시 호흡을 가다듬었다. 수화기 너머로 신호음이 두 번 울리더니, 담배 연기에 찌든 듯한 무심한 목소리가 튀어나왔다.

《네, ○○대부입니다.》

상대가 고객인지 채무자인지 알 바 없다는, 지극히 불친절한 태도였다. 두리는 명확한 발음으로 용건을 던졌다.

"안녕하세요. 저는 이미옥 씨의 상담을 맡고 있는 새출발은행의 진두리입니다."

짧은 정적. 곧이어 비웃음이 섞인 반말이 돌아왔다.

《은행? 들어본 적 없는 은행인데. 당신 변호사요? 변호사 아니면 우리랑 말 섞을 권한 없으니까 본인 바꾸쇼.》

상대는 법정대리인 제도를 방패 삼아 두리를 밀어내려 했다. 활동가인 두리에게 법적 강제력은 없었지만, 그에겐 그보다 무서운

'실전의 기록'이 있었다.

"사장님, 변호사 타령할 때가 아닐 텐데요. 제가 법정대리인은 아니더라도, 사장님이 지난 한 달 동안 이미옥 씨에게 저지른 불법 추심의 목격자는 될 수 있거든요.

아침마다 아이 등교 시간에 맞춰 집 앞에 서 계셨던 거, 그거 채권추심법 위반인 거 아시죠? 저희 단체가 지금 서울시 감독관이랑 불법 추심 근절 캠페인 중인데, 영업정지 직전 수준으로 제보가 수북해요. 금감원에 이 자료들 넘겨도 괜찮으시겠어요?"

순간, 전화기 너머에서 무언가 툭 떨어지는 소리가 들렸다. 기세등등하던 목소리에 비굴한 물기가 섞이자, 두리는 기다렸다는 듯 '신파 톤'으로 배경음악을 깔았다.

"사장님, 그래도 제가 사장님을 믿고 전화드린 건, 혹시나 대화가 통하는 분일까 싶어서예요. 이미옥 씨, 한부모예요. 파출부 일 하며 애 키우는데 전 재산이 100만 원뿐이랍니다. 정말 그거라도 갚고 싶어 울고 계신데, 사장님이 인심 좀 써주셔야 하는 거 아닙니까?"

침묵이 이어졌다. 제안의 실리를 따져보는 숨소리가 들리더니, 이내 징그러울 정도로 뻔뻔한 목소리가 돌아왔다.

《100이면… 아, 뭐 사정이 딱하다니 이번만 제가 인심 써보죠. 그럼, 그쪽은 감독관한테 좋게 말해주는 거요? 우리 건은 원만하게 잘 해결됐다고 말이요. 하하.》

하지도 않은 약속을 자기가 먼저 조건으로 걸고 들어오는 넉살에 두리는 실소했지만, 이내 나긋나긋하게 받아줬다.

"그럼요, 사장님. 채권이 세상에서 사라졌는데, 불법 추심이 남아 있을 리가 있나요?"

미끼를 덥석 문 대부업자의 목소리는 금세 활기를 되찾더니, 이내 낯부끄러운 자화자찬으로 폭주하기 시작했다.

《아이고, 진 선생님. 역시 말이 통하시네. 사실 우리가 이미옥 씨 사정 봐줘서 빚까지 깎아주고 채무조정까지 해드릴 참인데, 이거 사실 나라에서 상이라도 받아야 하는 거 아니오? 우리만큼 서민 경제 생각하는 데가 또 어디 있다고. 하하하!》

자기들이 저지른 불법 행위가 세탁되는 순간을 '서민 경제를 위한 결단'으로 포장하는 태도에 두리는 속이 확 뒤틀렸다. 두리는 짐짓 무심한 척, 아주 건조하게 카운터 펀치를 날렸다.

"아, 상요? 드릴 수도 있죠. 그런데 사장님, 상 드리기 전에 궁금한 게 하나 있는데."

《말씀하쇼. 뭐든.》

"그 채권, 솔직히 얼마 주고 사셨어요? 원금 450이니까… 한 4만 5천 원? 아니면 아예 묶음으로 3만 원에 떼 오셨나?"

순간, 전화기 너머의 웃음소리가 칼로 자른 듯 멈췄다. 침묵 사이로 당황해서 서류 뭉치를 뒤적이는 소리와 헛기침 소리가 요란하게 들려왔다. 방금까지 '서민 경제'를 운운하던 정의로운 사장님은 간데없고, 밑천이 드러난 장사꾼의 비겁한 숨소리만 남았다.

4장
땡처리 채권의 유통기한

《그… 그건 왜 묻고 그러쇼! 장사하는 사람이 물건 떼온 가격까지 말해야 하나? 아무튼 계약서 보낼 테니까 입금이나 깔끔하게 하쇼! 끊습니다!》

뚝.

두리는 휴대폰을 내려놓고 텅 빈 공중을 향해 조용히 뱉었다.

"끝."

옆에서 숨을 죽이고 지켜보던 미옥을 향해 두리는 윙크를 날렸다.

"미옥 씨, 이제 오늘 밤부터는 모르는 번호로 전화 와도 가슴 졸이지 마세요. 전화 오면 그냥 '제 상담사하고 통화하세요' 하고 끊으시면 돼요. 제가 저놈들에겐 가장 귀찮고 끈질긴 감시자가 될 거니까요."

미옥의 눈에서 참았던 눈물이 툭 떨어졌다. 4만 원짜리 땡처리 종이쪽에 평생을 저당 잡혔던 여자가, 드디어 숨을 쉬기 시작했다.

제2부
당신의 빚이 탕감되었습니다

5장

한 골에

10억

12월 24일.

성남종합운동장은 기이할 정도로 포근했다.

겨울의 자존심은 어디 갔는지 봄볕 같은 햇살이 관중석을 훑고 지나갔다. 외투를 벗어 던진 시민들의 얼굴엔 '오늘 뭔가 사고가 터질 것 같다'는 묘한 기대감이 서려 있었다.

운동장 곳곳에는 축구 구단 깃발 대신 괴상한 현수막들이 나부꼈다.

'오늘 골망이 찢어지면, 당신의 빚 문서도 찢어집니다!'

'축구는 발로 하고, 빚 탕감은 숏으로 한다!'

이름하여 '새출발은행 채권 소각 성과 보고회 겸 성남FC 특별 경기.'

두리는 주최 측 명찰을 목에 걸고 운동장을 가로질러 뛰어다녔다. 그녀의 발걸음은 마치 은행 금고를 털러 가는 도둑놈처럼 경쾌

했다.

"준비됐죠? 조명 켜지면 그 잿빛 서류 뭉치들, 아주 눈부신 쇼처럼 태워버리는 겁니다!"

드디어 조명이 켜졌다. 사회자가 마이크를 잡고 목청을 높였다.

"성남 시민 여러분! 오늘은 한 골당 무려 10억 원어치의 채권이 즉시 소각됩니다! 시장님, 준비되셨습니까?"

이벤트 시구자로 나선 시장이 어색하게 손을 흔들며 등장했다.

관중석에서 웃음이 터져 나왔다. 평소 '축구는 좋아하지만, 발재간은 젬병'이라는 소문이 파다했던 터다.

시장은 두리에게 진땀을 흘리며 물었다.

"두리 씨, 이거 못 넣으면 나 내일 뉴스 9시 메인 장식해요. 책임질 거야?"

"걱정하지 마세요. 오늘 골대는 블랙홀입니다. 공이 알아서 빨려 들어갈 거니까요!"

휘슬이 울렸다.

시장이 엉거주춤 달려가 공을 걷어찼다.

공은 기묘한 궤적을 그리며 날아갔다. 골키퍼가 손을 뻗었지만, 공은 마치 의지가 있는 생명체처럼 손가락 끝을 스쳐 골망 구석에 꽂혔다.

퍽!

순간, 성남종합운동장이 지진이라도 난 듯 요동쳤다. 2만 명이 동시에 지르는 비명이 경기장 지붕을 뚫어버릴 기세였다. 전광판에 거대한 해골이 폭발하는 그래픽과 함께 문구가 떴다.

'채권 10억 원 소각 완료! 당신의 빚은 지옥으로 갔습니다!'

"우와아아아아아아!"

조명과 카메라 플래시가 번쩍이고, 드럼 소리에 맞춰 관중들이 발을 구르기 시작했다.

"새! 출! 발! 새! 출! 발!"

그 장관을 지켜보던 두리는 숨이 턱 막혔다.

5평짜리 퀴퀴한 사무실에서 "말이 돼 이게!"라고 소리치며 서류 더미를 집어 던지던 날들이 필름처럼 스쳐 갔다. 그때의 분노가 지금은 수만 명의 함성이 되어 공중을 가르고 있었다.

시장이 다가와 두리의 손을 꽉 잡았다.

"진 의원님, (아직 아니었지만 그는 이미 그렇게 불렀다.) 내 축구 인생 첫 골입니다. 아주 짜릿하구먼!"

시장은 땀을 닦으며 덧붙였다.

"이제 운동장 말고, 국회에서 더 큰 골을 넣어봅시다. 좀비들 싹 다 잡으러 가야지?"

그날 성남FC 선수들의 유니폼엔 '삼성'이나 '현대' 같은 대기업 로고 대신 생전 처음 보는 문구가 박혀 있었다.

'빚보다 빛!'

마치 바르셀로나 선수들이 유니세프를 가슴에 달고 뛰듯, 그들

5장
한 골에 10억

은 누군가의 희망을 차고 달렸다.

하프타임, 경기장 한복판에서 진짜 불꽃이 피어올랐다. 채권 묶음들이 불길 속에서 재가 되어 날아갔다. 수천 명의 인생을 짓누르던 종잇조각들이 크리스마스이브의 눈송이처럼 허공으로 흩어졌다.

다음 날 주요 일간지 1면은 뒤집어졌다.

'돈을 빌려주는 은행이 아니라 사람을 살리는 은행, 성남의 기적'

기자들이 두리를 둘러싸고 마이크를 들이댔다.

"이건 시민운동입니까, 아니면 금융 사기입니까?"

두리는 선글라스를 고쳐 쓰며 씽긋 웃었다.

"이자는 안 받습니다. 대신, 삶을 드리죠. 덤으로 희망도 좀 얹어 드리고요."

6장

여의도

마술쇼

"두리 씨, 이제 국회로 가야겠어."

좁은 상담실에서 동료 활동가들이 커피잔을 내려놓으며 말했다. 두리는 눈을 동그랗게 떴다.

"거길 내가 왜 가요? 난 여기서 좀비들 멱살 잡는 게 제일 적성에 맞는데."

"여기서 백 명 멱살 잡는 동안, 저기선 법이라는 이름으로 수만 명의 목을 조르고 있잖아. 우리가 등 떠밀어 줄 때 가. 가서 아예 좀비 공장을 폐쇄해 버리라고!"

동료들의 눈빛은 진지했다. 거리의 싸움꾼으로 남고 싶었던 두리의 고집도 그 단호함 앞에서는 꺾일 수밖에 없었다.

결국 두리는 상담 가방 대신 국회의원 배지를 가슴에 달고 '여의도 정글'에 입성했다.

5월 말이면 국회의 가장 바쁜 시즌이 찾아온다.

새로 뽑힌 의원들이 본회의장에 처음 발을 들이는 날이다.

5월의 이틀에 불과한 30일과 31일이 바로 국회의원의 첫 등원 기간이다.

한때는 그 이틀만 출근하고도 한 달 치 월급이 지급되던 시절이 있었다. 하지만 국민들의 분노와 언론의 감시 끝에 그 부당한 관행은 이제 사라졌다. 지금은 등원한 날, 딱 그만큼만 월급이 책정된다.

이틀 치 월급, 상징 이상의 의미가 걸린 돈이다.

동료 초선 의원이 등원 전 워크숍에서 의미 있는 제안을 했다.

"우리 첫 월급, 정말 사람들에게 도움이 되는 데 써봅시다."

두리는 고개를 들었다.

그 제안은 두리의 가슴 속 깊이 묻혀 있던 기억을 자극했다.

상담실에서 만난 사람들의 떨린 손이 눈앞에 스쳤다.

전화벨만 울려도 가슴이 내려앉고, 우편함을 여는 순간 하루가 흔들리는 사람들이었다.

그리고 두리의 명치 끝에 늘 걸려있는 기억이 있다.

사무실 앞에서 삶이 완전히 무너져 내린 듯 쓰러져 있던 영진의 모습이다. 그녀는 무엇이 잘못인지 알지 못한 채 감치 명령서를 들고 구치소로 가야 했고, 어린 아들의 손을 꼭 잡은 채 지독한 모멸에 마주해야 했다.

그들은 게으르지 않았다. 도망치지 않았다.

다만, 빚이라는 구조가 일상 모든 순간에 스며들어 살아갈 여지를 남기지 않았다.

두리는 그 과정을 누구보다 가까이서 보았다. 이 구조를 바꾸지 않으면 누군가의 삶이 계속해서 벼랑 끝에 몰릴 수밖에 없다.

그들에게 필요한 건 "노력하세요"라는 덕담도, "운이 없었다"는 위로도 아니었다.

구조가 바뀌어야 한다.

연체이자가 눈덩이처럼 불어나며 사람의 하루를 잠식하고 내일을 인질로 잡아버리는 세상을 뒤집어야 한다. 빚을 지면 죄인이 되는 게 아니라, 가난이 죄가 되도록 설계된 현실을 바꿔야 한다.

두리는 그 진실을 누구보다 똑똑히 보아왔다.

그래서 손을 번쩍 들었다.

회의장에는 묘한 긴장감이 흘렀다. 수십 대의 카메라 플래시가 터지는 가운데, 평소라면 권위 의식에 물들어 있을 의원 123명이 오늘만큼은 신입 사원처럼 비장한 표정으로 서 있었다.

책상 위에는 두툼한 노란 봉투들이 얌전히 놓여 있었다.

어떤 사람에겐 10년을 짓눌러온 무게일 테고, 어떤 가족에겐 울음을 삼키게 만든 종잇조각들이다. 두리는 가슴이 천천히 조여오는 것을 느꼈다. 오늘 여기까지 오는 길에, 쓰러질 듯한 어깨들을 잊은 적이 없었다.

사회자가 마이크를 잡았다.

"오늘 우리 민진당은 20대 국회의 첫 등원을 시작합니다. 정치는 국민의 삶 속에 있어야 합니다. 그 첫걸음을 민생 실천으로 때려 합니다."

두리는 숨을 죽이고 그 광경을 지켜봤다. 사회자의 목소리에는 힘이 실리기 시작했다.

"여기 계신 모든 의원님들이 첫 월급, 즉 5월의 이틀 치 세비 전액을, 민생을 지키는 일에 내어놓으셨습니다. 그 세비를 모아 형편이 어려워 오랫동안 갚지 못한 부실채권을 헐값에 직접 매입했습니다. 그리고 오늘, 이 자리에서 소각합니다!"

장내가 술렁였다. '소각'이라는 단어가 주는 파괴적인 쾌감이 공기를 갈랐다. 사회자는 기다렸다는 듯 마법 같은 숫자들을 쏟아냈다.

"의원 한 분 한 분의 이틀치 월급이 백 배 이상의 효과를 냅니다. 의원 1인당 60만 원의 월급으로 약 1억 원의 빚을 탕감합니다. 전체로는 123억 원이 넘는 부채가 사라집니다. 오늘 우리는 총 2,525명의 국민이 더 이상 빚 때문에 포기하지 않아도 되는 새출발의 길을 함께 엽니다!"

60만 원이 1억 원이 되고, 이틀 치 월급이 2,525명을 구원한다는 이 압도적인 가성비의 경제학 앞에 기자들도 받아쓰기를 멈췄다.

잠시 정적이 흐른 뒤 무대 한쪽에 준비된 의자가 조명을 받았다.

"오늘, 한 분을 모셨습니다. 지난 시간의 고통을 증언해 주실 분입니다."

영진이 작은 걸음으로 무대 중앙으로 나왔다. 손이 떨려 마이크를 제대로 잡지 못했다.

"저는… 빚을 갚지 못해서 아들 손을 잡고 구치소에 갔었습니다."

회의장에 숨소리 하나조차 멈춘 것 같았다.

영진은 입술을 한 번 깨물고 다시 말했다.

"그날 밤, 우리 아이는 경찰차를 타고 가면서 저한테 물었습니다. '엄마…, 우린 나쁜 사람인가요?'"

두리의 주먹이 자기도 모르게 꽉 쥐어졌다.

영진의 목소리는 흔들렸지만, 끝까지 도달했다.

"이건… 사람이 겪어야 할 일이 아니었습니다."

사회자가 두리에게 눈짓했다.

두리는 마이크를 고쳐 쥐고 회의장에 모인 사람들을 천천히 바라봤다.

그리고 또렷한 목소리로 말했다.

"여러분, 보십시오. 연체이자가 쌓이는 속도가 갚는 속도보다 빠른 세상에서, 빚은 경제적 감옥입니다."

두리는 잠시 숨을 고르고, 평소 존경하던 선배 정치인이 현장에서 버릇처럼 하던 말을 떠올렸다. 그 문장은 이제 두리의 입을 통해 여의도의 천장을 때렸다.

"제가 존경하는 한 선배 의원님이 늘 말씀하셨습니다. '정치는 가장 약한 사람들의 가장 강력한 무기여야 한다'고 말입니다. 오늘 우리는 바로 그 무기가 되기로 함께 약속했습니다. 이 빚의 굴레를 끊어내는 첫날, 우리가 시작합니다!"

실내라 커다란 불을 피울 수는 없었다. 하지만 두리는 이 순간을 위해 기발한 퍼포먼스를 준비했다. 국회 대표단과 시민단체 대표들이 특수 제작된 '마술 종이'를 들고 무대 위로 올라와, 책상에 놓인 촛불에 갖다 댔다.

화르륵!

순간, 123개의 작은 불꽃이 꽃잎처럼 피어올랐다.

2,525명의 삶을 짓누르던 123억 원이라는 숫자가 새겨진 종이였다.

불꽃은 순식간에 종이를 집어삼키더니, 재 한 줌 남기지 않고 공중에서 증발해 버렸다.

실내 소방 벨이 울릴 틈도 없이, 123억이라는 거대한 사슬이 마술처럼 눈앞에서 사라진 것이다.

기자들의 카메라 셔터 소리가 폭포처럼 쏟아졌다.

연기도, 잿가루도 남지 않은 깨끗한 허공을 보며 두리는 시원하게 웃었다.

"지금 보신 건 마술이 아닙니다. 정치가 결심하면 일어나는 현실입니다! 자, 2,525명은 이제 자유입니다!"

두리는 눈가가 뜨거웠지만 울음 대신 쾌재를 불렀다.

'자, 이제 시작이다. 사람 잡는 이자 장사, 이제 끝내보자!!'

다음 날, 대한민국 모든 신문의 1면은 불꽃과 함께 증발하는 마술 종이의 사진이 장식했다.

'60만 원의 마법, 123명의 의원이 2,525명의 사슬을 지웠다.'

두리는 의원 배지를 툭툭 털며 사무실 창밖을 내다봤다. 멀리 한강 너머로 새로운 해가 뜨고 있었다. 빚 대신 빛이 들어오는, 아주 맛깔나는 아침이었다.

7장

국회에서

빚을

소각하다

어느덧 의정활동을 한지 2년이 훌쩍 지났다. 그 사이 국정감사만 두 번 진행했다.

진두리 의원은 자신이 국회의원이 된 목표를 결과로 보여주고 싶었다. 철저하게 준비한 자료가 상임위 회의실 스크린에 도표로 크게 떠 있었다.

[서동저축은행(가명)이 보유한 소멸시효 완성 채권 규모]
1조 7천억 원

두리는 침착하게 입을 열었다.

"소멸시효가 끝난 채권은 법적으로 이미 죽은 채권입니다. 그런데 서동저축은행은 이 채권을 가지고 마치 살아있는 빚처럼 개인들을 괴롭히고 있습니다."

증인석에 앉은 저축은행장은 입술을 굳게 다물었다.

두리는 준비해온 녹취록을 재생했다.

스피커에서 불쑥 튀어나온 날카로운 독촉 음성이었다.

《만 원만 오늘 바로 갚으시는 성의를 보여주면 빚 절반을 깎아드
린다니까. 도대체 언제까지 도망다니실 거유? 오늘 만원을 통장에
입금만 하면 내가 크게 인심한번 쓴다니까….》

'만 원 입금.'

그 한 번의 송금이 곧 함정이다.

입금 순간, 소멸시효는 채무자가 스스로 연장한 것으로 간주된다.

사실, 채무자가 법을 잘 알기만 했다면 이렇게 말할 수 있었다.

"이 빚은 이미 소멸됐습니다."

그럼 정말로 갚지 않아도 되는 빚이었다.

두리는 질문을 날카롭게 찔렀다.

"사망자의 장례식장까지 찾아가 유가족에게 빚을 갚으라 했다는
증언도 있습니다. 맞습니까?"

증인은 한껏 움츠러든 어깨로 탁자만 바라보았다.

"아… 그런 일까지는… 제가 파악을…."

두리가 말을 끊었다.

"파악이 안 된다고요? 사람이 죽어도 빚을 놓아주지 않는 행위
를 몰랐다고요?"

회의장 공기가 단숨에 얼어붙었다.

7장
국회에서 빚을 소각하다

두리는 마지막으로 확실히 못 박았다.

"서동저축은행은 이 죽은 채권들을 지금도 거래하고 있습니다. 오늘 이 자리에서 멈추겠다고 약속하십시오."

증인의 침이 넘어가는 소리가 들렸다.

의원들의 시선이 증인을 정면에서 꿰뚫고 있었고, 금융위원장과 관계기관장들은 증인 바로 앞줄에 등을 보인 채 앉아 있었다.

그들의 뒤통수가 오히려 더 강하게 경고하고 있었다.

'우린 다 보고 있다.'

은행장은 숨소리조차 삼켜야 할 것 같았다.

"의원님 말씀하신 대로 죽은 채권을 거래하는 것은, 당장 중단 조치하겠습니다."

두리는 거기서 만족하지 않았다.

"본 위원은 국회의 관심이 좀 느슨해지면 은행이 다시 추심을 재개할 우려를 멈출 수가 없습니다. 그래서 한 가지 제안하겠습니다. 증인. 죽은 채권으로 채무자 괴롭히는 일 진심으로 그만두실 수 있습니까?"

죽은 채권으로 채무자를 괴롭힌다는 말에 유독 힘을 실었다. 은행장은 국회 안에서 저축은행이 악덕 고리사채업자보다 더 한 괴물이 된 것 같아 쥐구멍에라도 숨고 싶은 지경이었다.

"약속하실 수 있으시냐구요?"

두리가 재차 물었을 때 은행장은 황급히 강조하며 답했다.

"당연합니다. 절대 그런 일이 반복되지 않도록 하겠습니다."

두리는 망설임 없이 마지막 한 방을 꽂아넣었다.

"그럼, 그 채권 전부 소각하시지요."

느닷없는 제안이었지만 은행장은 자신도 모르게 힘을 주어 답했다.

"전부 소각하겠습니다. 1조 7천억 원 전액."

그날, 국감이 끝나고 복도에서 동료 의원 한 명이 두리를 향해 엄지를 세웠다.

"가장 실속 있는 국정감사였습니다. 국감은 쇼가 아니라 결과를 만드는 자리라는 걸 오늘 제대로 보여주셨네요."

두리는 그 말에 잠시 긴장이 풀리며 어깨가 내려앉았다.

손바닥에 남은 땀을 문지르며, 조용히 대답했다.

"아직 시작이에요."

그리고 정말로 그건 시작에 불과했다.

두리는 국회의원 4년 내내 숨을 제대로 고르지 못했다.

한국자산관리공사, 예금보험공사 등 금융공기업이 보유한 장기 연체 채권 300만 건을 정리했고, 총 44조 원에 달하는 죽은 부채가 마침내 사라졌다.

채무자 보호 제도는 종이 위 문구에서 실제 현실로 옮겨졌다.

소멸시효 지난 채권의 추심 금지

무분별한 부실채권 거래 규제

생계형 장기 채무자의 사회 복귀 지원

그 법들은 누군가의 절망을 뒤집고, '내일'을 돌려주는 안전장치였다.

두리는 매 회의마다 스스로에게 되뇌었다. 빚이 사람을 죄인으로 만들어선 안 된다.

그 신념이 법으로, 제도로, 그리고 숫자로 증명된 시간이었다.

2년이 지났고 이제 2년이 남았다. 두리는 명치 끝에 돌이 하나 걸려있는 듯한 문제를 끄집어내기로 했다.

웅장한 지리산에 감싸이고, 섬진강이 노량 바다로 길을 내며 흐르는 서동.

그 천혜의 자연 속에서 태어난 것이 두리는 언제나 자랑스러웠다.

하지만 현실은 달랐다.

석탄발전소 굴뚝에서 뿜어져 나오는 연기를 견뎌도, 다리 하나 건너면 닿는 광양제철소의 먼지를 버텨도, 서동의 삶은 자꾸 뒤로 밀렸다.

그렇게 귀한 자연이라는 자산을 뚝 떼어줘도 돈벌이는 늘 부족했다.

사람들은 자꾸 서동을 떠나고 있었다.

두리는 천천히 옆자리에 놓인 명함을 들어 올렸다.

'경남 서동군 지역위원장 진두리'

이제 뛰어들 차례였다.

정치가 가장 약한 사람들의 가장 강력한 무기가 되려면, 바로 그 현장 한가운데로 들어가야 했다.

두리는 자리에서 일어나 옷깃을 한 번 매만졌다.

"서동으로 가자."

그 말은 포부가 아니라 책임의 선언이었다.

두 번째 속임수의 시작

1장

멈춰버린 굴착기와
튀어나온 '룡'들

진두리가 여의도 한복판에서 대부업자들의 간담을 서늘하게 만드는 '금융계의 저승사자'로 이름을 날리고 있을 때, 그녀의 고향 서동 갈대만은 거대한 고철 전시장으로 변해가고 있었다.

2014년 봄. 갈대만 산업단지 공사 현장은 마치 좀비 영화의 세트장 같았다. 밀린 공사대금을 받지 못한 한영건설이 '유치권 행사 중'이라는 살벌한 팻말을 내걸고 철문을 쾅 닫아버린 것이다.

"어이, 거기 얼씬거리지 마! 여긴 이제 우리 땅이야!"

굴착기의 관절은 바닷바람에 벌겋게 녹슬어 갔고, 덤프트럭 바퀴 사이로는 잡초가 고개를 내밀었다. 수천억이 투입된 땅이 거대한 뻘밭으로 되돌아가고 있을 때, 서동의 공기는 엉뚱한 방향으로 뜨거워지기 시작했다.

서동의 제왕으로 군림하던 조파산의 '3선 시대'가 드디어 막을 내리고 있었기 때문이다.

절대권력이 물러난 자리는 언제나 그렇듯, '한번 해보겠다'라는 야심가들에게는 기회의 땅이자 노다지였다.

선거철이 되자마자, 평소에는 코빼기도 안 보이던 양반들이 약속이라도 한 듯 시장통에 나타났다.

"아이고, 어머니! 안색이 좋으시네! 제가 이번에 서동을 아주 그냥!"

"어이, 김 사장! 나 알지? 이번에 내가 큰일 한번 내려고."

읍내 다방과 국밥집은 이미 선거 캠프나 다름없었다. 퇴직한 고위 공무원부터, 서울에서 사업 좀 했다는 자산가, 심지어는 동네에서 힘 좀 쓴다는 유지들까지 너도나도 '서동의 구원자'를 자처하며 튀어나왔다. 그들의 명함은 길바닥에 굴러다니는 낙엽보다 흔해졌고, 동네 개들도 명함을 물고 다닌다는 농담이 돌 정도였다.

갈대만의 멈춘 기계들은 비명을 지르고 있는데, 정치판의 입들은 멈출 줄 몰랐다. 그 아수라장 속에서, 두리는 서울의 화려한 의원실 창밖을 보며 조용히 운동화 끈을 묶었다.

'좀비 채권보다 더 끈질긴 게 시골 정치판이라던데…, 어디 가서 인사나 한번 드려볼까?'

서동 읍내 장터는 그야말로 아수라장이었다. 유세차 열 대가 좁은 오거리에 엉겨 붙어 확성기끼리 영토 전쟁을 벌이는 통에, 집에서 기른 마늘이며 고추며 산나물을 잔뜩 이고 나온 행상 할머니들은 장사가 아니라 귀를 막고 버티는 게 일이었다.

"군민 여러분! 제가 군수 되면 삼성, 현대 바로 끌어옵니다!"

왼쪽에서 삼성이 터지자, 오른쪽 유세차가 가로챘다.

"삼성? 현대? 그걸로 됩니까! 세계 최대 조선소 가져오겠습니다!"

뒤쪽 유세차도 지지 않고 마이크를 낚아챘다.

"무슨 소리! 갈대만에 거대 컨테이너선이 줄지어 들어오게 하겠습니다! 배가 들어와야 돈이 들어오는 법입니다!"

어떤 후보는 빔프로젝터로 허공을 찌르며 외쳤다.

"메가요트 대회 유치! 고기 한 마리 잡으면 벤츠 한 대 값 나옵니다!"

옆 후보는 손으로 커다랗게 사각형을 그렸다.

"이 자리에 20층 호텔 두 동! 그리고 옆에는 테마파크!"

길바닥에 쪼그려 앉아 머위나물을 다듬던 박 노인이 혀를 찼다.

"아이고, 저 사람들… 어제 다 같이 만화책을 봤나. 호텔은 뭔 놈의 호텔이고. 지금 들어오는 건 갈매기 똥밖에 없어."

전직 도의원부터 한의사, 초등교사, 변호사, 기업가는 물론이고, 정체를 알 수 없는 우주 전문가까지 등장해 자신이 군수만 되면 서동이 천지개벽할 듯이 떠들었다.

그렇게 스피커를 서로 더 크게 틀려고 버튼을 부여잡은 채 떼창을 벌이고 있을 무렵, 군민들 눈에 익숙한 얼굴 하나가 시끌벅적함을 뚫고 들어왔다.

서동 부군수 시절부터 각 읍면 이장, 부녀회장, 체육회, 향우회, 상가 번영회까지 한 톱니도 잃지 않고 돌아가게 만드는 촘촘한 인맥의 주인공, 바로 김보증이었다.

말보다는 전화 한 통이 더 설득력 있던 사람이었다.

그래서였을까.

"하이고 우리 군민 여러분. 그 뭐시고, 영국의 소버린 대학, 이 김보증이가 여 서동에 딱 갖다 놓을 끼고마요."

뒤에 붙은 현수막엔 이미 캠퍼스가 세워져 있는 것 같은 조감도가 번쩍이고 있었다.

"대학이 들어오모, 사람이 오고, 사람이 오모, 기업이 들어오고.

기업만 들어오모, 서동이 사는기라! 그라믄 갈대만은 다시 살아나지 않것소?"

그는 손가락을 하늘로 치켜세웠다.

"세계적 교육·산업 도시, 서동 발전이란 것이 바로 그리 되는기라!"

소호건설 쪽으로 보이는 무리가 박수 타이밍을 정확하게 맞춰 기합을 넣듯 소리쳤다.

"아따! 이래야 서동 살지예!"

"부군수 출신 보증이 밖에 누가 있겠노!"

"소버린 대학? 김보증 후보가 보증한다 안하나! 하하하."

박수와 함성 소리가 유세장 한복판의 기준음처럼 깔렸다.

군중들이 서로 얼굴을 보며 "진짜 영국대학이 온다꼬…?" 하는 눈길을 주고받는 사이, 옆 후보가 소리쳤다.

"대학? 저는 공항 유치하겠습니더! 서동국제공항!"

그러자 소호건설 측이 바로 받아쳤다.

"공항? 배 들여오다 말고 뭔 공항이꼬!"

"하이고, 아무끼나 다 던져뿌네."

군중이 잠시 낄낄거렸다. 그러자 그 옆 후보가 기세를 꺾지 않고 외쳤다.

"공항은 작다! 우리는 우주센터 간다!"

그러자 소호건설 무리가 바로 비웃음을 터뜨렸다.

"우주? 이 양반아, 어데 우주에서 살다 온기가!"

"우주가 뭔 말이꼬, 뭐 그리 뜬금없는 야그를 공약이라꼬 씨부리노!"

군중 사이에 웃음과 한숨이 동시에 섞였다.

"아이고…우주까지 가삐나….'

"그래도 대학은 좀 말 되지 않것소! 김보증 저양반 부군수 때부터 해외 시찰 많이 댕기지 않았나?"

믿어서가 아니라, 기세가 그쪽으로 쏠리고 있어서 사람들이 끄덕이기 시작했다.

소호건설이 박수를 치면 여론이 움직이는 것처럼 보였고, 여론이 움직이는 것처럼 보이니 정말로 분위기가 그리 기울어 갔다.

그렇게 김보증은 말보다 박수로 이기는 중이었다.

2장
글로벌 재첩과
32개의 치아

김보중 이름이 선명하게 찍힌 당선증의 도장 인주도 아직 마르기 전에, 군수실에 난리 법석이 났다.

"군수님! 큰 거 떴습니다, 큰 거!"

문이 벌컥! 열리며 간부들이 숨을 헐떡이며 뛰어 들어왔다.

누군가는 흥분한 나머지 키보드를 바닥에 미끄러뜨리고, 누군가는 스마트폰을 거꾸로 든 채 온몸으로 승전보를 실어 날랐다. 그야말로 아수라장이었다.

"모니터 켭니다! 이거…, 진짭니더!"

대형 스크린이 켜지는 순간, 차갑던 회의실 공기가 가마솥 재첩국처럼 부글부글 끓어올랐다. 스크린을 가득 채운 건 외신들의 헤드라인이었다.

[BBC]

Sovereign University to Open Korea Campus in Hadong.

(소버린 대학 서동에 한국캠퍼스 열기로)

[로이터 통신]

Small Coastal City in South Korea Steps into Global Education Market.

(한국의 작은 해안도시 세계적 교육도시로 큰 걸음)

[한국 언론]

"서동, 세계적 교육도시로!"

"갈대만 기적 시작!"

간부들 얼굴이 한순간에, 황홀경에 빠졌다.

외사팀 박주사가 기사 화면을 향해 두 팔을 번쩍 들었다.

"스몰! 코스탈! 시리! 사우스! 코레아! (Small Coastal City in South Korea) 여기 서동이라 나온다 아입니꺼!"

군정국장은 신문을 흔들며 거의 날아갈 것 같았다.

"쏘버린 유니버씨티! 서동!! 글로벌 허브! (Sovereign University! Global Hub!)"

안전총괄과장까지 눈물 섞인 콩글리쉬로 외쳤다.

2장
글로벌 재첩과 32개의 치아

"서동 이즈… 파워풀! 포에버!"

김보증은 당선증을 한참 만지작거리다가, 탁자를 '탁'치며 벌떡 일어선다.

한 손은 바지 주머니에 쏙, 턱은 슬쩍 들고 자기 무대 위에 선 배우처럼 회의실을 내려다보며 말했다.

"하이고… 이 촌놈들 좀 보소. 영어 몇 줄 떴다고 뭐 그리 호들갑이고?"

말은 타박 같은데, 목소리에는 웃음이 한가득 담겼다. 입꼬리는 자신감 200%로 말렸다.

"니들 잊은 기가? 이 김보증이 진즉에 약속했다 아이가. BBC? 로이터? 모 그 영국 기자놈들 몇 마디 떠든 거 갖고, 뭐 이리 호들갑이고?"

김보증이 턱을 더 바짝 들며 스크린 속 MOU 기념사진을 가리킨다.

"저기, 저… 훤~하게 생긴 사람 보이제?"

화면 속, 영국 소버린대 관계자들은 정장 빳빳하게 입고 예의상 입꼬리만 살짝 올리고 있는데, 그 옆에서 치아 32개를 다 내보이고 있는 사람이 한 명 있었다. 바로 김보증이었다.

김보증은 손뼉을 짝 치며 분위기를 멈춰 세웠다.

"자자! 감탄은 '글로벌 재첩회관'에서 하꼬!"

간부들 사이에서 킥킥 웃음이 터졌다.

글로벌과 재첩이라니, 그 촌스러운 조합에 이상하게 모두 취했다.

김보증은 잠시 냉정한 말투로 재빨리 덧붙였다.

"일단, 건립 계획이나 짧게 보고해 봐라."

하지만 그의 말투는 보고를 듣겠다는 게 아니라 자기가 이미 알고 있다는 확신에 가까웠다.

한 과장이 허둥지둥 USB를 들며 말했다.

"예, 군수님! 소버린대 기숙사 부지. 그… 예전에 공사하다 멈춘 1공구 쪽에…."

김보증은 벌써 고개를 끄덕이며 끼어들었다.

"그래! 거가 딱이제! 막아놓은 철문만 열믄 된다 아이가!"

간부들은 고개를 주억거리며 웃었다.

누군가 한마디 뱉었다.

"군수님 미소 한 방이면 철문도 스르륵 열릴 기라예!"

회의실 전체가 또 터졌다.

김보증은 자신의 MOU 사진을 다시 한번 가리키며 말했다.

"저 표정 그대로! 내일 바로 갈끼다. 갈대만! 내 다시 굴려 봐야 안카나!"

술자리 대신 행정 기어를 당겨버린 순간.

"군수님, 명령만 내리이소!"

"우 갈대만 살려뿔 준비 됐습더!"

김보증은 감독처럼 팔을 휘두르며 외쳤다.

"좋다! 보고는 짧게! 성과는 길게! 다음 회의는 재첩탕 마시믄서 폭탄주 말아 해야 제맛이제!"

제3부
두 번째 속임수의 시작

3장

기업인의

방

김보증은 후보 시절 목에 핏대를 세우며 이렇게 외쳤다.

"서동을 기업하기 좋은 곳으로 만들겠습니더! 제가 직접 발로 뛰겠십니더!"

그리고 출근하자마자 군수 접견실 입구에 번듯한 명패 하나를 못 박았다.

'기업인의 방'

간판은 금색으로 번쩍였고, 군청 홍보팀은 신이 나서 보도자료를 뿌려댔다.

'기업 유치 원스톱 서비스! 군수실 문턱을 과감히 낮췄다!'

그 방의 문은 누구든 환영한다는 듯 언제나 활짝 열려 있었다. 하지만 그 방은 기업을 유치하는 곳이 아니라, 기업에게 서동의 지갑을 통째로 열어주는 '현금 인출기 대기실'이라 해도 무방했다.

그 출입 명단의 맨 윗줄에는 언제나 같은 이름이 박혀 있었다.

바로 허꼼수 과장.

허 과장은 전임 조파산 군수 시절부터 갈대만의 뻘바닥에 뿌리를 내린 인물이었다. 갈대만의 물길이 어디로 흐르는지, 어떤 건설사가 어떤 뒷구멍을 파놨는지 그만큼 꿰고 있는 자는 없었다. 군청 안팎에서 "갈대만 건은 담당 국장보다 허 과장이 더 빠르다"는 말이 정설이었으니, 그의 영향력은 이미 정권교체의 벽을 가볍게 뛰어넘고 있었다.

김보증 군수가 당선된 바로 다음 날부터, 허 과장은 그 방을 '기업인의 방'이 아니라 '허꼼수 개인 오피스'로 쓰기 시작했다.

허 과장은 자기 부서 사무실 책상보다 군수 접견실 소파에 앉아 있는 시간이 더 길었다. 정식 발령지에 적힌 업무는 뒷전이었고, 군수실 문은 그가 구두 소리만 내도 자동문처럼 스르륵 열렸다. 그는 군수가 앉아야 할 상석 소파에 제집 안방처럼 깊숙이 몸을 묻고 앉아 전화를 걸거나, 비서가 내오는 최고급 차를 마시며 서동군 지도를 낙서장처럼 훑었다.

조파산 시절부터 다져온 그의 '갈대만 데이터'는 이제 김보증이라는 새로운 권력 위에서 더 화려하게 꽃을 피우고 있었다. 상황이 이쯤 되니, 복도를 지나던 직원들 사이에서는 헛웃음 섞인 소문이 기정사실처럼 굳어졌다.

"어이, 박 주사. 봤나? 허 과장님 또 '윗방'에 출근하셨대이."

"말도 마이소. 저 방 주인은 군수님이 아이라, 사실은 허 과장이

라 카더마는…, 갈대만 서류는 군수님보다 저 양반이 먼저 검열한
다 아입니꺼."

간판은 '글로벌 서동'을 향해 반짝였지만, 그 금색 명패 뒤에서는
허 과장의 낡은 서류 가방이 서동의 미래를 야금야금 설계하는 소
리가 들려오고 있었다.

그날도 마찬가지였다.

먼저 도착한 서동사업단 대표 최회생이 자리에 앉은 채 두 손을
꼬옥 모으고 있었다.

조금 뒤, 반짝거리는 정장을 걸친 소호건설 황 사장이 들어섰다.
정작 갈대만 공사에 쓸 자금은 없으면서 왠지 건물 세 동쯤 세울
기세였다. 웬만한 건설 현장보다 군수실에 더 많이 들락거리는 사
람이라는 소문이 그의 발걸음을 가볍게 만들었다.

허꼼수가 마지막으로 문을 닫고 들어왔다.

문고리를 놓는 순간부터 이미 모든 그림은 그의 손안에 들어 있
었다. 상석에 앉은 허꼼수는 천천히 서류를 내밀었다.

[사업단 운영 자금 대여]
금액: 30억 원

눈앞에 30억 원이라는 숫자가 놓여 있었다.

3장
기업인의 방

소호건설 사장은 종이 위의 굵은 30을 한참 쳐다보았다.

그때 허꼼수의 느긋한 목소리가 공기를 파고들었다.

"갈대만에서 일 한번 만들어 보자카믄에, 기업이 요기 있으야…"

허꼼수는 말끝을 길게 끌며 손가락 두 개를 동전 모양으로 맞붙였다.

"사업단 숨만 붙여주이소. 그라모 이 판… 자알 굴러갑니더."

말투는 늘 공손한 척하지만, 태도는 언제나 거만한 지시였다.

소호 사장은 눈썹을 한 번 들어 올리며 물었다.

"근디…, 사업단이 돈을 못 갚으믄 우린 으짜요?"

허꼼수는 그제야 고개를 돌려 그를 똑바로 보았다.

말 대신 아주 천천히 손가락 하나를 들어 올렸다.

곧바로 창밖에서 휘날리는 서동군 깃발을 가리켰다.

그 한 단어조차 입 밖으로 꺼낼 필요가 없었다.

소호 사장은 그제야 팔짱을 풀고, 의자를 조금 더 앞으로 당겼다.

허꼼수는 언제나 그렇듯 다음 장면을 준비해 둔 사람이었다.

그는 테이블 위에 또 다른 서류 한 장을 스윽 미끌어 올렸다.

서류 상단에는 영국의 대학 이름이 적혀 있었고, 그 아래에는 갈대만 해양연구부지 조감도가 희미하게 자리 잡고 있었다.

직접적으로 어떤 권리도, 어떤 계약도 적혀 있지 않았다.

그러나 보는 순간, 소호 사장은 알 수 있었다.

'이 사업, 우리 쪽으로 주겠다는 거구나.'

허꼼수는 딱 거기까지만 말하고 서류를 집어넣었다.

"뭐. 사업이란기 말이 많이 필요한기 아니지요? 하하."

최회생은 허꼼수의 일처리 모습을 보고 침을 작게 삼켰다.

살아난다는 것과 끌려간다는 것 사이에는 머리카락 한 올 차이밖에 없는 법이었다.

소호 사장은 마침내 고개를 아주 느릿하게 끄덕였다.

그 끄덕임이 떨어지는 순간 허꼼수의 눈 끝에 보이지 않는 승리의 선이 생겼다.

"그라모 됐심더."

허꼼수는 그 말을 끝으로 자리에서 일어났다.

회의는 그렇게 끝났다.

3장
기업인의 방

4장

파국이

문턱을 넘는

소리

허꼼수는 김보증 취임 훨씬 이전부터, 정확히는 갈대만 공사가 멈추기 이전부터 이미 사업단의 이사 자리를 꿰차며 경영에 깊숙이 발을 담그고 있었다.

사람들은 그를 사업단의 진짜 주인처럼 대했다. 그가 고개를 까딱하면 계약서가 책상 위에 올라왔고, 그가 얼굴만 찡그려도 보고서는 줄줄이 다시 출력되었다.

허꼼수는 그런 대접이 당연하다고 믿었다. 위기 때마다 자신의 꾀와 수가 갈대만을 살려왔다고 진심으로 확신했다.

하지만 바닥은 이미 검게 썩어들어가고 있었다. 그의 꾀는 구원이 아니라 파멸을 조금씩 미루는 기술일 뿐이었다.

최회생 대표가 숨소리를 잃은 채 군청 문을 밀고 들어온 그날, 파국이 조용히 문턱을 넘고 있다는 사실이 비로소 드러났다.

"허 이사님!"

허둥지둥 뛰어온 그가 말을 잇지 못한 채 헐떡거리기만 했다.

허꼼수는 얼굴을 찡그렸다. 딱히 놀랍지도 않은지 무슨 일인지 궁금해하는 기색도 없었다.

"또 뭔 난리이고. 들어가서 말해라."

그는 최회생의 팔을 붙잡아 군수 접견실로 데리고 들어갔다.

문이 닫히는 순간, 최회생의 눈빛에 설명할 수 없는 공포가 스쳤다. 마치 모든 것이 끝났다는 것을 혼자만 알고 있는 사람처럼.

최회생은 앉을 겨를도 없이 마치 목이 조이는 듯이 말을 쏟아냈다.

"한영이… 공사를 다시 할 생각이 읎다카는데, 우짭니꼬!"

그의 눈은 공포에 젖어 있었다. 그 말 한마디가, 사업단 전체를 멈출 수 있는 재앙이었다.

허꼼수의 얼굴이 일시에 굳었다. 그는 한 박자 쉬고, 이내 눈을 가늘게 찡그렸다.

"그르게, 와 공사비를 못 줘 이 난리가 나뿌렀나?"

순간, 접견실 공기가 탁하게 가라앉았다.

최회생의 목젖이 크게 들썩였다.

"운영비가 부족해서…."

그의 음성이 무너졌다.

"운영비가 읎어서, 주주사들한테 빌렸지 않습니꺼. 근디 그기…"

"그기 뭐?"

4장
파국이 문턱을 넘는 소리

불길한 기척이 허꼼수 눈빛에서 피어올랐다.

"은행에서 돈만 들어오믄, 해결된다 싶었는디, 그기 안된다꼬…."

최회생은 입술을 깨물었다.

"대출은… 공사비만 된다 캅니더. 그기 또 주주사에서 돈 빨랑 갚으라꼬, 대출금을 압류해 뻐리심더. 지금 돈이… 꼼짝도 못하게 되뿌렀심더."

허꼼수는 벌떡 일어났다.

탁자 위 서류를 쓸어내리며 고래고래 소리쳤다.

"아, 미친놈 아이가! 지금 누가… 누굴 조르는 기고!"

서류들이 공중에서 흩날렸다.

허꼼수의 목소리는 분노로 터질 듯 부풀었다.

"어이, 최 대표 니는 뭐하는 인간이고? 대체 그 많은 돈을 어데 쓴기가?"

그 순간, 최회생의 눈이 허꼼수를 정면으로 응시했다.

처음으로.

그의 표정엔 두려움도, 당황도 없었다. 오히려 묵직한 어떤 체념이 번지고 있었다.

"그기…."

그는 아주 천천히 말했다.

"왜 저한테 묻는 깁니꺼?"

허꼼수는 말문이 막혔다. 입은 벌어진 채 닫히지 않았다.

둘 사이에는 낡은 시계 초침 소리만이 묵직하게 울렸다. 지금까지 아무도 입 밖에 내지 않았던 진실이 바닥 위로 드러나는 순간이었다.

4장
파국이 문턱을 넘는 소리

5장

새판을

짜기 위해

끝장낸다.

갈대만 1공구는 2014년 2월, 한영건설이 공사를 멈춘 그날부터 바닷바람과 녹슬어 가는 철근만이 그 자리를 지켰다.

사람도, 기계도 떠난 그곳에서 오직 파도만이 진실을 알고 있었다.

그 사이, 허꼼수는 여전히 꾀가 있다고 믿고 있었다.

문제가 생기면 돈을 끌어오면 된다고 생각했다.

어디서든. 누구에게든.

2015년.

사업단이 결국 법원에 회생신청을 해버렸다.

숨만 붙어 있던 사업단의 노란 산소호스에 법원이라는 이름의 스티커가 붙었다.

그뿐만이 아니다. 허꼼수는 또 다른 땔감을 찾아 움직이고 있었다.

소호건설, 그리고 또 다른 건설사.

"시공권 줄게."

달콤한 약속을 내걸고 각각 30억과 75억을 빌려왔다.

돈은 사업단 앞으로 들어왔지만, 보증은 서동군이 섰다.

의회 의결? 당연히 없었다.

보고?

김보증 군수는 모른 척했거나, 진짜로 몰랐거나, 그 진실만큼은 수사의 영역으로 숨어버렸다.

사업단의 회생신청은 허꼼수에게 위기가 아니라 묘수였다. 갈대만을 살릴 마지막 카드라고 스스로 믿었다. 회생신청서를 법원에 내던 바로 그 새벽, 허꼼수는 전화를 들었다.

"최 대표, 지금 당장 군청으로 오이소."

군청에 불이 켜진 곳은 딱 한 군데뿐이었다.

기업인의 방.

그동안 수많은 거래와 약속이 이 방에서 태어나고 썩어갔다.

허꼼수는 먼저 도착한 최회생을 향해 손가락 하나 까딱하지 않은 채 말했다.

"문 닫그라."

문이 꽝 닫히는 소리가 마치 과거의 모든 책임을 바다 밑으로 밀어 넣는 소리 같았다.

허꼼수는 곧장 본론으로 들어갔다. 머뭇거림도, 설명도 없었다.

5장
새판을 짜기 위해 끝장낸다

"법원에 회생절차, 그기 신청하소."

그 한 줄이 모든 파국의 방아쇠였다. 아무 설명도 없는 한 줄. 하지만 그 한 줄이 최회생의 가슴 속 심장 한쪽을 확 움켜쥐었다.

최회생은 눈을 껌뻑였다.

지금 무슨 소리를 들은 건가 싶었다.

아직 숨도 제대로 정리되지 않은 그의 입술에서 마침내 말이 조금씩 새어나왔다.

"회생이라카면…, 그기… 사실상… 끝장낸다는 기 아입니꺼…."

회생이라는 단어는 부드러워 보이지만 실제로는 곤두선 칼날이었다.

사업의 생명줄, 마지막 혈관을 법원 손에 넘기는 절차이다.

그러나 허꼼수의 눈은 기대감으로 번들거렸다. 마치 축배를 들 준비라도 한 사람처럼.

"끝장이라니. 새로 시작할라치믄 걸림돌부터 치워뿌야지."

그는 탁자 위에 놓인 서류철을 손가락으로 가볍게 두드렸다. 두드릴수록 두꺼운 서류철 속에서 숨죽인 비리가 바스락거렸다.

최회생의 눈썹 사이가 깊게 찡그러졌다.

"걸림돌이라카는 게… 한영건…."

최회생의 입에서 그 이름이 막 꺼내지려는 찰나, 허꼼수가 손바닥을 번개처럼 올렸다.

"최 대표. 잘 듣그레이."

그의 눈매가 날카롭게 접혔다.

누군가 감추어 둔 뭔가를 절대 건드리면 안 된다는 경고처럼.

"내 이때를 대비해가 돈, 미리 마련해 두었제?"

허꼼수의 목소리에는 어떤 설명도 필요 없다는 태도와, 말을 더 붙이지 말라는 압박이 겹겹이 깔려 있었다.

허꼼수는 잠시 침묵에 잠기는 척 하더니, 낯익은 비열한 미소를 다시 입가에 걸었다.

"최 대표. 이제 한영은 손 털고 내보내면 된다 아이가."

그는 공중에 칼로 선을 그리듯 손을 도려 올렸다.

"선을 딱 그어뿌면 된다. 도급계약? 해지해뿌면 되는 기다."

그 말은 마치 종이에 적힌 글자 하나 지우는 듯 가볍게 들렸다.

수천억짜리 계약임에도.

최회생의 눈동자가 흔들렸다.

"한영이 가만히 있겠습니까…. 작년부터 유치권까지 걸어놓고 있는데요."

허꼼수는 그 말에 낄낄 웃음을 흘렸다.

"한영 그 넘아들, 뭐 별수 있겠나. 유치권이야 우리쪽에서도 소송걸어뿔믄 그만이고, 뭐가 됐든 이제 소호가 판 새로 짤 기다. 소호한테 공사 넘겨뿌면 된다."

최회생은 입술을 깨물었다.

목소리는 한층 낮아졌다.

5장
새판을 짜기 위해 끝장낸다

"무슨 돈으로요?"

허꼼수는 순간 눈빛을 치켜올렸다.

자신의 머릿속 판짜기가 세상에서 제일 똑똑하다 믿는 눈빛이다.

"빌린 돈도 있꼬, 대출잔금 남아 있지 않나? 판 다시 짠다카이."

최회생은 허꼼수를 보며 감탄하는 동시에 조용히 계산했다.

무엇이 옳고 그른지는 중요하지 않았다.

끝까지 가느냐, 그것만 중요했다.

그리고 지금, 허꼼수가 그 답에 가장 가까운 사람처럼 보였다.

"와우… 이사님은… 역시 클라스가 다르십니더…"

제3부
두 번째 속임수의 시작

6장
'서동을 위하여'라는
자기 최면

허꼼수는 일부러 사무실 불을 끄고 시간을 질질 끌며, 골목식당으로 향했다.

문을 열자마자 보였다. 늘 혼자 먹는 경제과장이 고깃덩어리를 뒤적이고 있었다.

"어이. 혼자 다 묵나?"

허꼼수가 아무렇지 않은 척 옆에 앉았다.

경제과장은 비죽 웃으며 잔을 채웠다.

"니가 같이 마시자카면 내사마 마셔줄끼고마. 근데 뭐고. 요즘 얼굴이 썩어가대?"

허꼼수는 애써 비웃음 섞인 콧소리를 냈다.

"썩긴 누가 썩노. 판이 쪼매 커졌을 뿐이다."

비웃음 섞인 콧소리를 냈지만, 잔을 들 때 손가락 끝에 걸린 미세한 떨림까지는 숨기지 못했다. 경제과장은 그걸 놓치지 않았다.

"대해가 분양 취소 때려뿟제, 한영하고는 도급계약 엎어뿟다 아이가. 니 괜안나?"

허꼼수는 순간 울컥해져, 빈 잔을 바라보았다.

"뭐, 괘안타. 선수는, 남들이 접을 때 붙는 기다."

그러면서도 목젖이 덜컥 내려가더니 또 다시 숨이 걸렸다.

"근디… 가끔은 좀… 크다 싶다. 판이."

"야, 니도 겁나나 보네. 하모, 무신 공무원이 그렇게 대범한 척이고. 군수가 시키드나?"

허꼼수의 표정이 딱 굳었다.

"군수? 그 인간은 뒤에서 구경만 한다. 떡값이나 챙기고."

잔이 탁 부딪히며 주변 공기가 가라앉았다.

"이제 내가 멈출 수 있는 판이 아이다. 멈추믄 우째 될지 상상할 수도 없게 되부렸다. 어쯔다 보니… 이리 되부렸네. 그리도 뭐 별수 있나? 내 여서 멈추믄 서동에 조선소 들어오고, 대기업 들어오는기 멈춰뻐리지 않겠나?"

큰소리치기 무섭게 다시 한숨을 길게 몰아쉬며 허꼼수는 낮게 내뱉었다.

"근디…, 회생 신청 걸린 사업을 법원 허가 받아가 다시 공사해야 될 판인데, 그기 말이 되나 싶다."

어느새 소주 한 병씩 비운 뒤라 둘 다 취기가 오르고 있었다.

경제과장은 오늘은 왠지 친구 꼼수가 꼭 저 혼자 좋으려고 발광

제3부
두 번째 속임수의 시작

하는 것만은 아니라는 생각이 들었다. 한편으로는 자신은 내빼고 숨기 바쁜데, 허꼼수는 그래도 야망을 갖고 대범하게 군 것 같아 존경스러운 마음까지 들었다.

경제과장은 소주를 털어 넣고 툭 뱉었다.

"은행이 돈 안 준다 케도 '줄 거처럼' 보여야지. 법원은 모른다. 대해가 엎었고 통장은 묶여있고…, 그래도…."

잠깐 망설였다.

근데 술기운에 그냥 툭 던지고 말았다.

"원래 대해에다 땅 분양한 기, 군이 아이고 사업단 아이가. 걍 사업단보고 가져가라 캐라. 계약금이든 뭐든."

한 문장이었다.

술기운에 나온 허튼 말. 평소 저기 미쳤나 싶었던 허꼼수가 오늘만큼은 겁먹은 쥐처럼 보이는 게 안쓰러워, 딱 한 번 허세를 대신 부려준 것뿐이었다.

책임감 없는 허세. 그런데 그 말이 허꼼수 눈에 신의 계시처럼 비쳤다.

허꼼수 눈빛이 묘하게 달라졌다.

"니 그기 무신 소리고?"

이미 혀가 조금씩 꼬여 가는 경제과장이 마치 취중에는 자신도 허꼼수처럼 떠벌리기로 작정한 듯이 말을 쏟아냈다.

"그 모시고, 고 거만하고 나쁜 놈의 대해가 분양계약 해지해뿟지

6장
'서동을 위하여'라는 자기최면

않았나? 그럼 모 나중에 뻔히 울 보고 분양 계약금 내노라 할낀데, 걍 우리 쪽에서 먼저 선빵을 날리뿌리라."

허꼼수는 점점 더 술이 깨고 있었다.

"그니까… 선빵을 우째 날린다 말이고. 니 이자 본깨 큰 소리가 내보다 더 쎈 놈 아이가"

이 말에 갑자기 평소에 소심하던 경제과장이 허꼼수보다 더 쎈 놈인냥 굴고 싶어졌다.

"그니까, 내말 똑디 들으라. 우리 군이…, 사업단한테 그 모시고, 분양자 지위이전인가 그기를 취소해뿔면 되는기 아이가. 글고 나서 사업단에서 오메 고맙심더 하믄서, 대해가 서동군 통장에 꽂아준 분양 계약금 내노라 지급명령을 때려뿌믄 되고…, 크크크."

갑자기 경제과장이 음흉한 몸짓을 하고 웃기 시작하더니 이내 숨을 고른다.

"하이고야…, 내 이리 말하니 니가 아이고 내가 꼼수가 된기 같네."

허꼼수는 잠시 얼굴이 벌겋게 달아오른 친구의 얼굴을 들여다 봤다.

평소엔 순하고 착하기만 한 놈인 줄 알았는데, 그 속에 이렇게 시커먼 허세가 들어 있을 줄은 정말 몰랐다.

허꼼수는 잔을 털며 속으로 중얼거렸다.

"야…, 니도 나처럼 했으면 큰일 낼 놈이네."

제3부

두 번째 속임수의 시작

둘은 가볍게 잔을 부딪치고 자리에서 일어났다.

경제과장은 장난스럽게 웃으며 말했다.

"야야, 니 오늘 내 말…, 그냥 술김이데이."

허꼼수는 대답 대신 웃음만 흘리고 골목길로 걸어 나갔다.

걸음은 비틀거렸지만, 머릿속은 오히려 또렷해지고 있었다.

그래. 할 수 있다. 아니다. 해야 한다. 이왕 커진 싸움판. 끝까지 가야 서동에 조선소가 들어온다.

"고 대해 놈들도 나중에는 내한테 고맙다 할끼다."

짧고 조용한 결심이 밤바람 속에서 또렷하게 굳어졌다.

어제는 술김이었다면 오늘은 확신이었다.

허꼼수는 키보드를 두들기며 서류를 뽑아들었다.

[문서명 : 분양자 지위이전 합의서 무효통보]

발신 : 서동군수

(전결 : 허○○ 과장)

수신 : 대해조선㈜

군수의 결재나 의회 의결없이 자신의 전결로 가기로 마음 먹었다.

자기 손으로 조선소를 시작한다. 그 확신이 가슴 한복판에서 불꽃처럼 타올랐다.

6장
'서동을 위하여'라는 자기최면

허꼼수는 공문 봉투를 들고 군청 복도를 성큼성큼 걸었다.

대해가 뭐라 난리를 치든 그건 나중에 법정에서 싸울 문제였다.

"대해가 악 쓰고 뒤집어져도 뭐 우짤긴데? 소송은 길다. 그치만 공사는…. 지금 당장 시작할 수 있다."

허꼼수는 눈을 반짝였다.

규정도, 절차도, 합의도 모두 시간이라는 방패 뒤에서 천천히 따지면 되는 일.

지금 필요한 건 딱 하나였다.

선수 치는 속도.

"대해가 법원에 소장 들이밀 때쯤이면, 기계는 이미 갈대만 땅 파고 있을 기다."

법이 뒤늦게 도착해도 현장에서 먼저 달리고 있다면 승자는 항상 달린 쪽이었다.

며칠 뒤 서동사업단이 움직였다.

[분양 계약금 110억 원 반환 요청]

지급명령 신청

채권자 : 서동사업단 / 채무자 : 서동군

110억. 군 금고에 묶여 있는 그 돈은 지금 당장 쓸 수 없는 돈이었다. 하지만 법원은 그걸 모르고 있었다.

제3부
두 번째 속임수의 시작

허꼼수는 지급명령서를 보며 말없이 웃었다.

바로 이거다.

남들은 없는 돈이라 하는데, 법은 있는 돈이라 한다.

그 순간 110억은 사업의 공사비가 된다.

아무도 국 못 들고 있는데 허꼼수는 이미 뜨거운 국물부터 떠올리고 있었다.

허꼼수의 머릿속은 이미 다음 단계까지 그려져 있었다.

심지어 도급계약만 성사되면, 서동군의 지급보증을 바탕으로 이전에 약정해둔 550억 대출도 정상 집행될 것이라는 계획서까지 준비해 내밀었다.

서류는 번듯했다. 논리는 치밀해 보였다.

의도는 치졸했지만, 법은 그 속을 보지 못했다.

허꼼수의 기대 그대로 법원은 그 계획서와 110억 지급명령서에 기대어 도급계약(1차 공사 110억 원, 총공사 계약금액 689억 4,000만 원)에 대한 허가 결정을 내려주었다.

허꼼수는 속으로 외쳤다.

"판이… 돌아간다. 판이, 드뎌 서동에 배가 들어온다…."

그리고 뒤늦게 스스로도 깨닫지 못한 미소가 천천히 입가에 번졌다.

6장
'서동을 위하여'라는 자기최면

7장

거짓의
연쇄반응

아직 갈대만에 배는 오지 않았다. 하지만 배보다 먼저 도착한 것
은 사방에서 날아든 청구서 더미였다.

우선 소호건설이 사업단에 30억을 대여해준 대가로 소버린대학
수의계약을 요구했다.

마치 권리라도 쥔 듯한 태도였다.

"수의계약 하이소. 우린 이미 준비돼 있심더."

법적 근거도, 명분도 없었지만, 허꼼수는 그들을 내칠 수 없었다.
지금 소호건설은 허꼼수의 숨통을 쥐고 있는 산소호흡기나 다름없
었으니까. 설상가상으로 75억을 빌려준 또 다른 건설사는 서동군
을 상대로 보증이행 청구를 예고했고, 대해는 분양대금 반환 소송
을, 한영건설은 공사대금 청구 소송을 연달아 던졌다.

소송이라는 이름의 시한폭탄들이 서동군청을 향해 줄지어 날아
오고 있었다. 허꼼수는 밤마다 서류의 숲을 헤집으며 잠을 설쳤다.

조그만 글자들 속에서 절박함을 한 줄 한 줄 뜯어보며, 미뤄둘 것과 해결할 것을 무표정하게 나눴다.

"당장 수의계약부터…, 이거부터 해결해야 한다."

불안과 초조가 뒤엉켜 잠도 들지 못하는 밤이 이어졌다.

그러나 그는 스스로에게 다시 주문을 걸었다. 지금 내가 하는 일은 서동의 위대한 시작이다. 역사에 이름 남길 큰일이다.

"수의계약아…. 그래, 니는 법으로는 안 된다 카지만, 이 허꼼수한테 불가능은 없다 아이가. 쫌만 기다리라. 분명히 수가 있다."

그리고 마침내, 허꼼수는 법의 틈 하나를 끝내 찾아냈다.

허꼼수는 법령집을 덮지도 않은 채 벌떡 일어났다. 눈빛이 마치 "이거다!" 하고 깜빡이는 LED 간판 같았다.

"아이고…, 요런 금쪽 같은 조항이 여기 있었네."

그의 손끝이 가리킨 문구는 단 17글자 남짓. 허꼼수는 소리를 치듯 신이 나서 읽었다.

"시행령 25조 4조의 나, 작업상의 혼잡 등으로 하나의 현장에서 2인 이상의 시공자가 공사를 할 수 없는 경우."

허꼼수는 코끝을 비비며 중얼거렸다.

"이 말은 즉…, 지금 들어와 있는 저 시공자한테 그냥 수의계약 '쏵' 해도 된다는 거 아이가? 법이 허락했는데, 우리가 뭐 잘못했다 카겠노?"

허꼼수는 소리 내어 중얼거리며, 메모지 한 장을 꾹 눌러썼다.

7장
거짓의 연쇄반응

"이기다. 소호건설이 시공자이고, 소버린대 기숙사 공사도 바로 옆 아이가."

그리고 그는 곧 완벽한 알리바이 문장을 적어 내려갔다.

→ 현장이 좁고, 장비 섞이면 혼잡 필연

→ 따라서 소호건설과의 수의계약 가능

메모를 접어 주머니에 쏙 넣고, 허꼼수는 자리에서 벌떡 일어났다.

그는 군청으로 곧장 향했다.

잠시 후, 군수실 앞에 도착한 허꼼수는 숨도 고르지 않은 채 문을 톡톡 두드렸다.

김보증 군수는 얄미운 여유를 띤 얼굴로 서류를 훑으며 고개를 들었다.

"그래. 작업상 혼잡. 좋은 핑계다."

허꼼수는 군수의 입꼬리에 실린 정치적 욕망을 봤다.

"소호건설하고 수의계약, 검토해 봐라."

군수의 지시는 결국 허꼼수를 향한 명령이었다.

허꼼수는 속으로 중얼거렸다.

'군수도…, 내가 열어 놓은 문으로 들어오고 있네.'

하지만 뭔가 찜찜했다.

제3부
두 번째 속임수의 시작

공사현장은 혼잡은커녕 평화롭기까지 했다. 파도 소리만 들릴 뿐, 굴착기도 멈춰 있고, 사람도 없다.

허꼼수는 턱을 쓸며 읊조렸다.

"그럼 뭐…, 혼. 잡. 하. 게 만들믄 되겄제?"

입꼬리가 슬며시 올라갔다. 그 음흉한 미소는 이미 답을 알고 있었다.

다음날, 허꼼수는 한영을 상대로 유치권부존재 소송을 제기했다.

유치권을 둘러싼 갈등은 곧바로 '현장 혼잡'의 증거가 된다.

한마디로, 소송으로 혼잡하게 만들어버리는 것이다.

→ 유치권 갈등 = 혼잡 증거
→ 따라서 수의계약 = 완벽히 합리화

이 모든 것은 허꼼수가 스스로 만들어낸 혼란과 질서의 이중주였다. 그리고 그는 마지막 메모를 남겼다.

알리바이 완성.

그렇게 추진되는 수의계약의 규모는 생각보다 훨씬 큰 판이었다. 소버린대학 유치를 위해 이미 설립 준비자금 12억 원을 썼고, 기숙사 공사비만 79억 원짜리다. 합쳐서 91억 원이 움직이는 공사였다.

7장
거짓의 연쇄반응

소버린대학 수의계약을 통해 확보한 자금줄 위에 지어진 79억 원짜리 기숙사 건물은….

유치 무산과 함께 9년 넘게 텅 빈 채로 남아 있었다.

수의계약은 구렁이 담 넘듯 슬쩍 마무리됐다. 기다렸다는 듯 소호건설의 성토 장비들이 갈대만 뻘밭에 육중한 바퀴자국을 내며 들어오기 시작했다.

엔진 소리가 적막했던 현장을 깨우던 그때, 법원에서 한 장의 서류가 날아왔다.

상대는 갈대만의 철문을 쇠사슬로 묶고 유치권을 주장하며 버티던 한영건설이었다.

한영은 '밀린 공사대금을 달라'며 소송을 걸었고, 군은 '일단 문부터 열어라'며 유치권 부존재 소송으로 맞불을 놓은 상태였다. 평행선을 달리던 양측에 법원이 '직권 조정'이라는 중재안을 던진 것이다.

"서동군과 한영건설, 양쪽 다 적당히 양보하고 조정으로 끝내면 어떻겠습니까?"

허꼼수는 머릿속으로 초고속 계산기를 두드렸다. 조정이 성립되어 합의문에 도장을 찍는 순간, 한영건설이 걸어 잠근 저 지긋지긋한 철문이 열리는 시나리오였다.

유치권이 풀리면? 멈췄던 공사가 공식적으로 재개된다. 허꼼수의 가슴이 엔진 소리보다 더 크게 쿵쾅거리기 시작했다.

"끝났다. 이제 욕 안 묵는다. 욕하던 놈들이 인제 나한테 박수 칠 끼다!"

민원창구를 쑥대밭으로 만들던 군민들의 분노가 환호로 뒤바뀔 완벽한 반전의 시나리오.

카메라 플래시 세례 속에 선 군수가 당당하게 "공사 재개!"를 외치고, 그 옆에서 자신도 슬쩍 영웅 대접을 받는 그림이 그려졌다.

조롱에서 찬사로, 역적에서 공신으로. 허꼼수는 제 손바닥이 스스로 달아오르는 환각을 느꼈다.

조정조서는 그 비겁한 욕망을 조용히 허락해 주고 있었다. 그러나 그 종이 아래에는 거대한 함정이 입을 벌리고 있었다.

한영이 청구한 소송은 서동군만 상대로 한 게 아니었다. 껍데기만 남은 서동사업단도 한 묶음이었다. 만약 법정 싸움 끝에 서동군은 이기고 사업단만 지게 된다면 어떻게 될까? 원래대로라면 사업단만 망하면 그만이다.

그런데 이 조정조서 한 줄 때문에, 서동군은 '사업단이 갚아야 할 돈도 우리가 대신 갚아주겠다'고 한영건설에게 약속해 버린 꼴

이 되었다. 사업단은 이미 질 게 뻔한 상태였으니, 결국 서동군은 안 갚아도 될 남의 빚 수백억 원을 스스로 떠안는 자살골을 넣은 셈이다.

허꼼수가 영웅이 된 기분으로 찍은 그 도장 한 방이, 군청 금고의 자물쇠를 통째로 부수고 있었다. 승전보를 알리는 현수막이 바닷바람에 펄럭였지만, 그건 승리의 깃발이 아니라 서동의 미래에 조종弔鐘을 울리는 깃발이었다.

흥분으로 머리가 어지러울 지경이었다.

"왔데이…, 이제 진짜 왔데이!"

군민들에게 보여줄 그림은 충분했다.

"예. 조정으로 가입시더."

조정조서에 잉크가 마르기도 전에 군청 앞에는 거대한 현수막이 걸렸다.

'유치권 해결! 갈대만 조선소 드디어 닻을 올린다!'

김보증 군수는 카메라 앞에서 세상에서 가장 인자한 미소를 지었다. 재선 가도에 비단길이 깔리는 순간이었다.

9장

배가 오기 전에

들이닥친

감사원

작전은 완벽했다.

소송은 서로 엉켜 시간을 벌어주었고, 유치권부존재 소송은 알리바이가 되어주었으며, 수의계약 명분도 교묘히 틀을 잡아가고 있었다.

허꼼수는 느끼고 있었다. 이제 정말로 배가 들어올 수 있다고.

그런데 그 믿음이 가장 단단해진 바로 그날, 군청 비서실에서 허겁지겁 뛰어온 직원 하나가 허꼼수의 책상 위에 문서 한 장을 툭 내려놓았다.

하얀 서류 표지 위에 새겨진 이름.

[감사원 감사 착수 통보.]

허꼼수는 처음엔 웃었다.

순간적인 긴장 반사처럼 헛웃음이 튀어나온 것이었다.

"뭐…, 이기 뭐꼬? 감사? 갑자기?"

직원은 입술을 달달 떨며 말했다.

"예, 과장님. 이번 건이… 갈대만 사업 전반이랍니다. 대해, 한영, 사업단, 도급계약… 전부 다…."

순식간에 허꼼수의 손끝이 얼어붙었다.

허꼼수는 손에 쥔 감사 착수서를 반복해 읽다가 갑자기 책상을 '쾅' 치고 일어섰다.

"야! 감사원이 우째… 우째 여를 감사한다카노! 뭔데! 누가! 왜!"

목소리가 복도를 울릴 만큼 터져 나왔다.

직원들은 놀라 대답조차 못 하다가 가장 가까이 있던 주무관 하나가 기어들어가는 소리로 말했다.

"그… 저…, 야당하고 시민단체 쪽에서 감사청구를 했답니다."

허꼼수의 눈이 확 뒤집혔다.

"감사청구? 감사청구라꼬? 그럼 니들은… 그놈들이 그 짓 하고 다닐 동안 뭐 했노? 다 잠자고 있었나!"

직원은 어깨를 잔뜩 움츠렸다.

"아, 아니 그게…, 적법한 절차나 요건을 갖춘 청구도 아니고, 그냥 몇몇 대표라는 사람들이 감사원에 뭐라뭐라 보냈다길래…. 설마 감사원이 그 정도에 진짜 움직일 줄은…."

허꼼수는 말을 잇지 못하고 입술을 부들부들 떨었다.

9장
배가 오기 전에 들이닥친 감사원

"니들, 그 '설마'를 믿었나. 어휴…, 미치겠네, 진짜."

직원은 침을 꿀꺽 삼키며 조심스럽게 말을 이었다.

"과장님, 저희도 그 정도로 큰 감사가 바로 착수될 줄은…."

허꼼수는 서류를 바닥에 내던지며 소리쳤다.

"이것이 바로! 설마가 사람 잡는 기라!"

숨이 가빠졌다.

이제 겨우 판이 돌아가기 시작했는데, 막 기계 한 대 들어올 꿈을 꾸기 시작했는데, 감사원이라는 단어 앞에서 모든 게 돌연 멈춰버렸다.

허꼼수는 한 손으로 머리를 쥐어뜯으며 소리 없이 중얼거렸다.

"하필… 지금 와서 감사를 한다고…, 이 미친 세상이…."

그의 가슴속에서 뜨겁던 야망은 순식간에 차갑게 식어갔다.

배가 들어오기 전에, 먼저 닻이 내려진 셈이었다.

군수 선거를 1년 2개월 앞둔 시점의 날벼락이었다.

그날 군수는 없었다.

아침부터 군청 복도가 어수선했다. 평소보다 일찍 불이 켜졌고, 대회의실 앞에는 낯선 얼굴들이 서성거렸다.

문 앞에 붙은 종이 한 장이 단정하게 붙어 있었다.

[감사원 감사결과 발표 출입 통제]

회의실 안에서는 이미 자리가 거의 채워져 있었다.

맨 앞줄을 군의원들이 채웠다. 한 사람도 빠지지 않았다. 서로 말을 섞지 않았고, 서류만 내려다보고 있었다.

기자석은 듬성듬성 비어 있었다.

사전에 연락을 받은 사람들만 조용히 노트북을 켰다.

카메라도 몇 대뿐이었다.

회의 시작 시간이 되어도 당연히 군수는 나타나지 않았다.

누군가 귓속말로 말했다.

"출장이라네."

설명은 거기까지였다.

잠시 뒤 감사실장이 단상으로 올라왔다.

원고를 한 번 넘기고 마이크를 당겼다.

"지금부터 갈대만 조선산업단지 조성사업에 대한 감사원 감사결과를 요약 보고드리겠습니다."

'요약'이라는 단어가 회의실 공기를 가볍게 눌렀다. 내용은 서동 군민의 세금을 베어내는 칼 같은데 발표 목소리는 건조했다.

절차 미이행! 전결 처리! 부적정한 계약. 재정 손실 우려.

문장은 이어졌지만, 발표 속도는 빨랐다.

멈추지 않고 읽었다. 눈을 들지 않았다.

사과는 없었다. 고개를 숙이지도 않았다.

"향후 조치에 대해서는 관련 부서에서 검토 중이며 차후 안내드리겠습니다."

원고의 마지막 줄이었다.

회의실 안은 조용했다. 잠시 정적이 흘렀다.

원고가 끝나고, 마이크가 내려가려는 순간이었다. 맨 앞줄에서 군의원 한 명이 천천히 손을 들었다. 망설임이 묻은 손짓이었다.

"거, 잠깐만요."

그 소리가 회의실에 닿기도 전에, 옆자리에 앉은 여당 군의원 몇 명이 고개를 돌려 그를 바라봤다. 말은 없었다. 대신 눈빛이 먼저 갔다. 길고, 차갑게.

한 명은 팔을 들어 손목시계를 톡톡 두드렸다. 또 다른 이는 몸을 앞으로 숙이며 낮게 말했다.

"시간 없다 아이가." "다음 일정 있잖아."

손을 든 의원의 시선이 시계로, 단상으로, 다시 자기 손으로 옮겨갔다.

손끝이 공중에서 잠시 흔들리다 천천히 내려왔다.

"……"

아무도 그 침묵을 문제 삼지 않았다.

감사실장은 그 틈을 놓치지 않고 마이크를 정리했다.

"이상으로 감사결과 요약 보고를 마치겠습니다."

의장은 망치를 두드리지도 않았다.

그럴 필요가 없었다.

회의는 그렇게 질문 없이 끝났다.

회의실 공기는 다시 가볍게 풀렸다.

마치 아무 일도 묻히지 않은 것처럼.

문밖은 시끄러웠다. 대회의실에 들어가려던 시민단체 몇 명이 문 앞에서 멈춰 섰다.

수시로 감사원에 공문을 보내고, 전화로 항의하며 서동의 난리를 봐달라고 집요하게 매달려 왔던 이승리가 소리를 높이고 있었다.

이승리는 회의실 문이 탁 닫히는 소리를 복도 끝에서 들었다.

둔탁한 소리였다.

"왜 못 들어가노? 야야, 우덜이 감사청구 했는데! 결과를 도둑맹키로 몰래 발표하는 기가? 퍼뜩 비키구마!"

이승리가 버럭 소리쳤다. 그러나 소리 끝이 갈라졌다.

문을 막고 선 사람은 하필이면 집안 아재의 손주였다.

아직 볼에 솜 기운도 안 빠진 얼굴로 문 앞을 지키고 서 있었다.

그 애가 얼굴이 새빨개져서 말했다.

"아이고…, 당숙님. 지 좀 봐주이소."

말끝이 급해졌다.

"지침이 그리 내려온 긴데, 내 우짠다요…."

이승리는 한 박자 멈췄다.

화를 낼 수도 없고, 웃을 수도 없는 상황 아닌가.

9장
배가 오기 전에 들이닥친 감사원

'그래, 이래서 서동이 더 웃긴 기다.'

법도, 책임도 다 지침 뒤에 숨고, 지침은 또 집안 사이에 끼어 있었다.

옆에서 누군가 이승리 팔을 홱 잡아끌었다.

마을 이장이었다.

"아이고마, 여서 조카뻘 아그들이랑 싸울 끼가."

이장은 낮은 소리로 재빨리 말을 이었다.

"걍 저 너린 마당에 내려가가 한바탕 하는 게 안 낫겠나?"

마침 그 순간, 대회의실 문이 열렸다. 카메라를 멘 기자들이 우르르 쏟아져 나왔다. 발표가 끝난 모양이었다.

"끝나 뿌렀나 보네."

누군가 짧게 말했다.

이승리는 기다릴 것도 없었다. 기자 하나를 붙잡았다.

"잠깐만, 좀 따라와 보소."

이장은 다른 기자를 향해 손짓했다.

"이쪽으로 오이소."

사람들은 기자들 흐름을 따라 군청 마당으로 내려갔다.

엘리베이터는 쓰지 않았다. 계단이었다. 이런 일에는 늘 계단이었다.

군청 마당. 시계는 아직 정오도 되지 않았다.

누군가는 가방을 뒤져 마이크를 꺼냈고, 누군가는 현수막을 펼쳤다.

바람에 글자가 뒤집혔다.

"야, 거꾸로다."

"됐다 마, 펴기만 해라."

마이크를 꽂자 스피커에서 '칙' 소리가 났다.

이승리가 앞으로 나섰다.

"지금부터 말씀드리겠습니다."

약식이었다. 순서도 없이 들고 간 성명서를 그대로 읽기로 했다.

"오늘 서동군은 감사원 감사결과를 도둑맹키로 숨어서 발표했습니다. 감사원은 국민의 주권을 대신 행사하는 기관이고, 이번 감사는 우리 서동군민들에게 행정의 잘못을 밝혀내기 위해 이뤄진 겁니다."

사람들이 모이기 시작했다.

공무원 몇 명이 걸음을 멈췄다가 고개를 숙이고 지나갔다.

"사과도 없었고…"

"책임자는 출장 중이었고…"

"우리 군민들은 발표장에 출입금지를 당했습니다."

기자들이 급히 카메라를 들었다.

셔터 소리가 연달아 났다.

"이 사태에 책임 있는 공무원들은 즉각 사직하십시오."

"군의회 의원을 포함한 선출직들은 내년 지방선거 불출마를 공

9장
배가 오기 전에 들이닥친 감사원

표하십시오."

숫자가 쏟아졌다.

"확정채무 900억."

"우발채무까지 합치면 920억."

"시기는 내년, 코앞입니다."

사람들 사이에서 낮은 탄식이 흘러나왔다.

"이 빚, 누가 갚습니까?"

대답은 없었다.

군청 출입문 쪽에서 누군가 내다봤지만 아무도 내려오지 않았다.

정오가 가까워지자, 기자들이 하나둘 빠져나갔다. 전화로 데스크에 짧게 보고하는 소리가 들렸다.

"서동… 갈대만…, 시민단체 반발… 요구는 불출마…."

그 말로 오늘의 소동은 정리됐다.

현수막은 접혔고, 마이크는 꺼졌다.

사람들은 흩어졌다.

군청 안에서는 다시 전화벨이 울렸고, 점심 메뉴 이야기가 오갔다.

이승리는 마지막으로 마당을 한 번 더 훑어보고 중얼거렸다.

"그래…, 서동은 늘 요래 끝난다."

그리고 모두는 아무 일도 없었다는 듯 다음 날로 넘어갈 준비를 하고 있었다.

불법 하나를 건드리면 이미 세 개, 네 개의 불법이 엉켜 따라 나오는 판이었다. 혼자 힘으로는 끝까지 따라갈 수 없는 실타래였다.

욕하는 사람은 많았지만, 이해하려는 사람은 드물었고, 싸우려는 사람은 더 없었다.

공무원들은 한 다리 건너면 누구 집 아버지고, 누구 집 자식이었다.

그래서 서동에서는 문제는 늘 있었지만 문제 삼는 사람은 항상 적었다.

현실이 너무 외로운 모양새라 이승리는 새삼 지쳤다.

돌아온 딸, 무기가 된 정치

1장

인덕마을의
연기

서동 인덕마을의 공기는 오묘했다. 지리산의 상쾌함에 화력발전소의 텁텁함이 살짝 가미되어, 마치 고급 녹차에 연탄가스를 아주 미세하게 블렌딩한 듯한 뒷맛이 났다.

14년 전, 고구마 상자를 나르며 동네 아재들의 육탄전을 강 건너 불구경하듯 관람하던 진두리는 이제 없었다. 검은색 관용차에서 내린 그녀의 가슴에는 국회의원 배지가 훈장처럼 달려 있었다.

"의원님, 여는 이미 발전소 기금이 마을 사람들을 다들 '도 닦는 사람'으로 만들어놨심더. 속은 부글부글 끓어도 겉으로는 허허실실, 서로 눈치 보느라 입을 꾹 다물고 계신 게 꼭 다들 묵언 수행하시는 것 같다 아입니까."

지역 보좌관의 능청스러운 보고를 들으며 두리는 마을회관 문을 살포시 열었다. 예전처럼 멱살을 잡고 뒹구는 풍경은 사라졌지만, 대신 서로를 투명 인간 취급하는 노인들의 서늘한 정적이 장판 위를 굴러다니고 있었다.

"안녕하십니까, 어르신들! 서동의 영원한 막내딸, 진두리 인사 올립니다!"

두리의 낭랑한 목소리에 상석에 앉아 있던 의성면 발전협의회 회장이 헛기침을 '크흠!' 하고 내뱉었다.

"이보소, 진 의원. 비례대표면 서울서 큰 정치나 하시지, 여는 뭐 하러 왔소? 우리 지역구 의원님하고 우리가 다 '순리'대로 평화롭게 잘 지내고 있는데, 괜히 가만히 있는 마을 들쑤시지 말고 그냥 가 시라 이 말이요."

회장의 말에 주변 유지들이 약속이라도 한 듯 고개를 끄덕였다. 분위기는 거의 '금지된 구역에 들어온 불청객' 대접이었다.

마을회관의 냉기는 두리의 싹싹한 인사로도 쉽게 녹지 않았다. 회장이 여전히 마땅찮은 표정으로 헛기침을 해대며 분위기를 잡 자, 구석에 찌그러져 앉아 있던 '성깔 박 씨'가 드디어 폭발했다. 그 는 예전부터 성격 급하기로 마을에서 둘째가라면 서러웠던 인물이 었다.

"아이고야, 회장님! 니는 발전소 굴뚝 연기가 무슨 아로마 향기라 도 되나 보네? 새벽에 덤프트럭이 덜컹대며 집 앞을 지나가도 잠만 잘 자나 보지? 하이고야, 심성도 곱네 고와. 아주 보살이 나셨어!"

박 씨가 삿대질을 섞어 가며 쏘아붙이자, 회장의 얼굴이 붉으락 푸르락해졌다.

1장
인덕마을의 연기

"이보소, 박 씨! 말이 너무 심한 거 아니오? 내가 내 개인 욕심 부리자고 이러는 줄 아요? 마을 전체를 생각해서…."

"내 집 천장 흔들리는데 마을 전체가 무슨 소용이고! 내는 삐딱해서리 잠 못 자 미쳐버리겠다! 기금이고 뭐고 내 귀 좀 안 웅웅거리게 해달라 이 말이다!"

마을회관은 순식간에 '기금 사수파'와 '잠 좀 자자파'로 나뉘어 시끌벅적해졌다. 주민들끼리 서로 "니가 기금 다 묵었나!" "말 가려 하소!" 하며 고성이 오갔다.

두리는 그 난리법석 한복판에서 화를 내기는커녕, 마치 아주 흥미진진한 드라마를 보듯 고개를 요리조리 돌리며 양쪽 말을 경청했다.

가끔은 싸우는 아재 옆에 슬쩍 다가가 "아이고, 목청도 좋으시네. 물 한잔하시고 하이소" 하며 종이컵을 내밀기도 했다.

싸움이 정점에 달해 다들 숨이 턱 끝까지 차올랐을 때, 두리가 천천히 자리에서 일어났다. 그리고는 아주 온화하지만, 거절할 수 없는 힘이 실린 목소리로 입을 열었다.

"자아…, 어르신들, 저도 말 좀 해도 될까요?"

시끄럽던 회관이 순식간에 도서관처럼 조용해졌다. 두리는 헝클어진 머리를 매만지는 박 씨 아재와 민망해하는 회장을 번갈아 보며 생긋 웃었다.

"박 씨 어르신 삐딱한 거 아니에요. 사람이 잠을 못 자면 부처님도 삐딱해지는 법입니다. 그리고 회장님도 마을 나빠지라고 그러시는 거 아니란 거 잘 압니다. 근데 어르신들, 우리끼리 여기서 싸워봤자 발전소 본부장은 에어컨 쐬면서 웃고만 있지 않겠어요? 싸울 거면 저 담장 너머 사람들이랑 싸워야죠."

두리는 수첩을 탁 닫으며 회장을 향해 윙크를 날렸다.

"회장님, 제가 삐딱한 박 씨 어르신 모시고 국민권익위원회에 소음 피해 민원 접수할게요. 국가기관 불러서 과학적으로 확 재버립시다. 그래서 피해 입증되면, 그때는 회장님이 앞장서서 발전소 털러 가시는 겁니다. '우리 마을 건드리면 국회의원이고 회장이고 다 달려든다'는 거 보여주자고요. 그게 진짜 '순리' 아니겠습니까?"

두리의 능청스러우면서도 묘하게 설득력 있는 정리에 주민들은 서로 머쓱하게 쳐다보며 주저앉았다. 14년 전 패싸움 구경꾼이었던 소녀는, 이제 싸움을 붙였다 뗐다 하며 자기 흐름으로 끌고 오는 고단수 조율사가 되어 있었다.

1장
인덕마을의 연기

2장

지도에서
사라진 마을

인덕마을 주민들에게 가장 서러운 건 소음보다 '무시'였다. 화력 발전소 건설 당시 작성된 환경영향평가서에서 인덕마을은 마치 존재하지 않는 곳처럼 누락되거나, 사람이 살지 않는 불모지처럼 과소평가되어 있었다.

여의도 국회, 국민권익위원회와 환경부의 현안 보고가 열리는 상임위 회의실. 두리는 평소보다 훨씬 더 두꺼운 서류 뭉치를 들고 위원석에 앉았다. 그녀의 앞에는 환경부 장관과 권익위 부위원장이 긴장한 기색으로 앉아 있었다.

"장관님, 혹시 서동 인덕마을이라고 들어보셨어요?"

두리가 아주 나긋나긋하게 물었다. 장관이 "어… 그게, 확인해보겠습니다만…"이라며 전형적인 답변을 시작하자 두리는 생긋 웃으며 서류 한 장을 화면에 띄웠다.

"확인하실 거 없어요. 여기 발전소 건설 당시 환경영향평가서 보시죠. 이 지도에 마을이 있어야 할 자리가 텅 비어 있네요? 산이랑 들판밖에 없어요. 그런데 현장 가보니까 사람이 살고 계시더라고요. 그것도 아주 많이요."

두리는 펜 끝으로 화면을 톡톡 쳤다.

"공무원들 책상 위 지도에서는 이 마을이 유령이었나 봐요. 인덕마을은 발전소에서 가장 가까운 마을인데, 이 지도에는 마을이 있어야 할 자리가 텅 비어 있네요? 발전소 경계에서 1km도 안 되는 거리에 다닥다닥 붙어 사는데, 서류상으로는 1km 밖에 있는 유령마을 취급을 받았습니다. 덕분에 법적 이주 기준에 간발의 차로 못 미친다는 판정을 받고 이주 대상에서 쏙 빠졌죠. 마을이 없으니 소음 대책도 없고, 환경 보전 방안도 과소평가 됐겠죠. 장관님, 법전에는 사람이 살고 있습니까, 아니면 글자만 살고 있습니까?"

장관이 "규정에 따라…"라며 말문을 열려 하자, 두리는 다시 한 번 특유의 여유로운 미소로 말을 가로챘다.

"규정 따지기 전에, 권익위랑 같이 현장 조사부터 나가시죠. 가서 저 밤낮없이 울리는 기계 소리가 '규정' 안의 소음인지 주민들 통곡 소리인지 직접 들어보세요. 제가 국정감사 때까지 매일 아침 이 소음 수치 기록해서 장관님께 문자 보낼 수도 있는데, 그건 서로 피곤하잖아요? 그죠?"

두리의 집요하고도 뼈 있는 요구에 결국 국민권익위원회가 움직였다. 2018년 하반기, 인덕마을에는 사상 초유의 '범부처 합동 현장 조사'가 시작되었다. 권익위 위원장이 직접 마을을 방문해 주민들의 암 발병 실태와 소음을 눈앞에서 확인하는 현장 조정 회의가 열렸다.

결과는 드라마틱했다.

두리가 지적한 '부실한 환경영향평가'의 빈틈이 객관적인 데이터로 증명된 것이다.

그 후, 발전소와 도로 사이에는 마을을 감싸는 거대한 방음벽이 세워졌고, 소음이 극심한 시간대의 운영 지침이 마련되었다. 주민들에 대한 정기적인 건강 검진과 암 실태 조사도 국가 지원 사업으로 확정되었다.

"어르신들, 이제 국가가 인덕마을에 사람이 살고 있다는 걸 공식적으로 인정한 겁니다. 지도에 이름만 적힌 게 아니라, 여러분의 잠잘 권리까지 적어 넣은 거예요."

마을회관에 모인 주민들은 이제야 비로소 유령 신세에서 벗어났다며 두리의 손을 꼭 잡았다. 두리는 박 씨 아재의 등을 토닥이며 속으로 생각했다.

'자, 이제 강물 맛 좀 보러 가야겠네.'

3장

여의도에
울려 퍼진
짠물 비명

새벽 4시, 서동 읍내의 공기는 차갑고 눅눅했다. 잠이 덜 깬 어민들이 하나둘 전세 버스 앞으로 모여들었다. 대대로 섬진강에서 재첩을 건져 올리던 박 씨 아재가 낡은 배낭을 고쳐 매며 툴툴거렸다.

"이 새벽에 서울까지 가야 하남? 국회의원 나리들이 우리 같은 어민들 말을 듣기나 하겠냐고."

옆에 서 있던 김 씨가 주머니에서 하얗게 말라비틀어진 재첩 껍데기 한 줌을 꺼내 보여주며 대답했다.

"진 의원이 안 그랬나. 이 죽은 재첩들 직접 들고 와서 그 양반들 코앞에 쏟아놓으라고. 강물이 소금물이 돼서 다 죽어 나가는데, 서울 양반들 책상머리에서 협의만 하고 앉아 있게 둘 순 없지 않나. 가입시더, 오늘 끝장을 봐야지."

어둠을 뚫고 5시간을 달려온 버스가 여의도 국회 의원회관 앞에 멈춰 섰다. 대회의실 안으로 들어선 어민들의 눈동자는 벌겋게 충

혈되어 있었고, 그들의 거친 손에는 서동에서부터 소중하게 쥐고 온 재첩 무덤이 들려 있었다. 평소 서류 뭉치와 법전을 방패 삼아 성벽을 쌓던 관료들에게, 두리는 오늘 아주 특별한 '여의도식 소통'을 준비했다.

"의원님, 여 좀 보입시더! 이게 다 짠물 때문에 죽은 재첩입니더!"

어민 대표가 하얗게 말라비틀어진 재첩 껍데기 한 뭉치를 회의실 테이블 위에 쏟아부었다. '달그락' 소리가 정적을 깼다. 테이블 맞은편에 앉은 국토부, 환경부, 그리고 한수원과 수공의 간부들은 일제히 시선을 피하며 서류 가방만 만지작거렸다.

"어르신들, 진정하시고요. 자, 이제 우리 똑똑하신 나랏일 하시는 분들 말씀도 좀 들어보시죠. 과장님, 이 어르신들 오늘 여기 오시려고 새벽 4시에 출발하셨습니다. '협의하겠다'는 말씀만 들으러 오신 거 아니니, 여기서 바로 답을 내시죠."

두리가 턱을 괴며 국토부 과장을 향해 생긋 웃었다. 과장이 안경테를 고쳐 쓰며 입을 뗐다.

"의원님, 현장의 고충은 저희도 충분히 이해하고 있습니다. 관계 기관과 긴밀히 협의하여 대책을 강구하겠습니다. 다만, 섬진강댐 물 관리권에 대해 현재 기관 간 소송이 진행 중이라서요. 저희가 이 부분은 법률적으로 검토를 거쳐야…"

그 순간, 수자원공사 간부의 말이 떨어지기 무섭게 농어촌공사

관계자가 마이크를 당겨 잡았다.

"의원님, 저희 입장에서는 농업용수 확보가 최우선입니다. 어민들의 염려는 충분히 공감합니다. 다만, 저희도 법리적으로 조금 더 검토를…."

뒤이어 한국수력원자력 관계자까지 가세했다.

"저희라고 물을 안 내려보내고 싶겠습니까? 하지만 이건 발전용수로 허가받은 물입니다. 용도가 정해져 있어 행정 절차가 복잡합니다. 다만, 저희도 상생 차원에서 연구를…."

두리는 자리에서 일어나 화이트보드로 걸어갔다. 그리고 큼지막하게 '다만' '검토'라고 적고는 빨간 매직으로 거대한 X자를 그렸다.

"오늘 이 자리 금지어 설정합니다. '다만'이랑 '검토' 금지. 어르신들 말씀 들으셨죠? 상류 댐에 가둬놓은 물, 그거 원래 섬진강 물 아닙니까. 그런데…, 소송 때문에 못 내린다? 아이쿠…, 오히려 답이 간단하네요. 풋. 다들 소송 취하하시면 되겠네요. 하하."

두리는 크게 한 번 웃고, 다시 말을 이었다.

"강이 죽고 사람이 죽는데 정부기관들끼리 소송을 한다? 국민들 보기에는 밥그릇 싸움으로 비쳐질까 심히 우려스럽습니다. 이럴 때 쓰라고 국민들께서 투표로 국회의원을 뽑아주시는 것 아니겠습니까? 아무래도 국회에서 내년도 이 세 기관의 소송비용에 들어갈 예산을 아주 꼼꼼하게 '검토'해서 시원하게 잘라드리면 어떨까요?"

토론회는 끝났지만, 관료들은 여전히 미적댔다. 그들에게 국회의

3장
여의도에 울려 퍼진 짠물 비명

원이란 토론회 한 번 하고 나면 금방 다른 현안으로 관심을 옮겨가는 존재였다. 하지만 진두리는 그들이 겪어본 '의례적인 의원'이 아니었다. 그녀는 한번 물면 뼈가 보일 때까지 놓지 않는 불독이었다.

결론을 내지 못하고 뒷걸음질 치는 기관들을 향해 두리는 다음 카드를 꺼냈다. 이번엔 국토부 과장을 섬진강 현장으로 직접 불러냈다.

"과장님, 에어컨 잘 나오는 사무실 말고 이 강바닥에서 간담회 좀 합시다. 짠물 때문에 재첩이 어떻게 죽어 나가는지 직접 눈으로 보고 함께 답을 찾으시죠."

강바닥에 서서 비릿한 짠내를 맡게 한 것도 모자라, 두리는 국회로 돌아와서도 쉴 틈 없이 몰아붙였다. 국토부와 환경부 현안 상임위에 송곳 같은 서면 질의를 쏟아붓고, 해당 상임위 의원들을 일일이 찾아다니며 문제를 공론화했다.

"검토 중이라는 말은 이제 그만하시고, 우리 모두 재첩 어민도 살리고, 강 생태계도 살리는 일에 국토부 환경부가 함께 나서 주시죠."

이 집요하고도 지독한 압박에 관료들은 결국 손을 들었다. 끈질긴 추적 끝에 2018년 9월, 섬진강 본류로 일일 17.8만 톤의 물을 방류하는 꽤 의미 있는 협약이 체결되었다.

제4부
돌아온 딸, 무기가 된 정치

4장

서동판

'나는 농민이다'

화개 골짜기의 안개가 차나무 사이를 눅눅하게 감돌았다.

평생을 이 험한 비탈에서, 조상 대대로 물려받은 차나무를 자식처럼 보살펴온 김 씨 할아버지는 요즘 등기부등본을 볼 때마다 헛웃음이 나왔다. 얼마 전까지만 해도 이 산은 가문의 보물이었는데, 어느 날부터인가 관공서에서 날아온 '통보서'의 대상지가 되어 버렸다.

사건의 발단은 서울 투기꾼들 덕분에 서슬 퍼렇게 개정된 농지법이었다.

"가짜 농민은 가라! 서류상 '농지'가 아니면 농민으로 인정 못 한다!"는 선언이 지리산 골짜기까지 메아리쳤다.

서동군청 담당 공무원은 태블릿 PC를 툭툭 두드리며, 미안한 기색도 없이 건조한 사투리로 말을 뱉었다.

"어르신, 조만간 농업경영체서 빠지게 됩니더. 여 지목이 '산' 아입니꺼. 계속 농민 대접 받을라카믄 퍼뜩 산지전용허가 받아가 땅을 '논'이나 '밭'으로 바꿔야 됩니더. 안 그라믄 법적으로 할아버지는 농민 아입니더."

김 씨 할아버지가 홱 고개를 돌리며 핏대를 세웠다.

"이 무신 소리요! 하이고 희안타. 내 조상 때부텅 여 화개 골짜기서 차 농사 지 왔구먼, 내 농민이 아니라꼬? 내 평생 이 땅서 농사밖에 지은 게 없는디, 내 농민이 아니믄? 내 산적이요, 안 하믄 귀신이요!"

할아버지의 절규는 '부처 칸막이'라는 거대한 절벽에 부딪혀 메아리도 없이 흩어졌다.

국회 의원회관 진두리 의원실에서는 테이블을 사이에 두고 농림축산식품부 과장과 산림청 과장이 굴비 엮이듯 나란히 앉아 있었다. 두리는 턱을 괴고 앉아 그들 앞에 놓인 서동 찻잎 한 줌을 빤히 쳐다봤다.

"그러니까 과장님, 이분들은 100년 넘게 차를 키웠는데, 앞으로 농민이 아니라는 거죠?"

농림부 과장이 난처한 듯 넥타이를 만지작거리며 입을 뗐다.

"의원님, 개정된 농지법은 이제 '사람'이 아니라 '땅'만 봅니다. 지목이 '산'이니까 농지가 아니고요. 농지가 아니니 농업경영체 등록은 안 됩니다. 개정된 법이 그렇습니다."

두리는 고개를 끄덕이며 옆에 앉은 산림청 과장을 보았다.

"과장님, 그럼 산에 키우는 차니까 임업경영체로 등록하면 되겠네요? 그건 산림청 소관이죠?"

산림청 과장은 당연한 상식을 말하듯 천연덕스럽게 대꾸했다.

"의원님, 차는 '농산물'입니다. 저희 임업경영체는 '임산물'만 받아요. 산에서 키워도 농산물은 농림부 소관인데…"

방 안에는 잠시 정적이 흘렀다. 두리는 황당하다는 표정으로 두 사람을 번갈아 보았다. 그러더니 갑자기 눈을 크게 뜨고 눈동자를 이리저리 굴리며, 마치 대단한 보물이라도 발견한 아이처럼 해맑게 웃었다.

"아… 그러니까, 산에 키우는 차는 농산물이지만 '산'에 키우니까 농업경영체가 안 되고, 또 '농산물'이어서 임업경영체도 안 된다? 라는 게 두 분 말씀의 결론이네요?"

두 과장은 서로 시선을 피하며 찻잔 속의 찻잎만 뚫어지게 쳐다보았다.

두리는 갑자기 '빵' 터진 사람처럼 어깨를 들썩이며 웃음을 터뜨렸다.

"와, 정말 창의적인 부처 칸막이네요! 100년 넘게 차 재배한 농민은 졸지에 농민도 아니고, 차는 농산물인데 농업도 아니고, 산에 키우니 임업인가 했더니 차가 농산물이라 임업도 아니다? 우하하하!"

4장
서동판 '나는 농민이다'

두리의 맑고도 서늘한 웃음소리가 의원실 벽을 타고 울려 퍼졌다.

한참을 웃던 두리가 갑자기 웃음을 뚝 끊더니, 서늘한 무표정으로 두 사람을 응시했다.

"이런 걸 전형적인 탁상행정이라 하죠. 자, 탁상을 넘어서 답을 만들어 봅시다. 농림부 과장님?"

농림부 과장은 마른침을 삼키며 산림청 과장 쪽을 힐끗 보았다.

"저… 의원님, 산림청에서 차나무를 '임산물'로 지정해주면, 저희도 길이 보입니다. 땅이 산이라도 키우는 게 임산물이면 임업경영체로 넘길 수 있거든요. 그럼 농지법 위반 소지도 사라지고요."

공은 다시 산림청 과장에게 넘어갔다. 산림청 과장은 억울하다는 듯 미간을 찌푸렸다.

"의원님, 임산물 지정이 말처럼 쉽지 않습니다. 차는 수천 년간 농산물로 분류되어 왔는데, 이제 와서 임산물로 바꾼다는 게…, 이게 부처 간 고시도 고쳐야 하고, 통계 분류부터 지원 체계까지 싹 다 뒤집어야 하는 일이라 사실상 쉽지 않습니다."

두리가 눈을 가늘게 뜨며 물었다.

"왜요?"

"그게…, 전례가 없기도 하고, 농림부와의 행정적 경계가 무너지는 걸 내부에서도 조심스러워합니다. 한마디로 '골치 아픈 일'이 되는 거죠."

두리는 헛웃음을 삼키며 책상을 손가락으로 툭툭 쳤다.

"골치 아픈 일이라…, 어르신들이 농민 자격 뺏기고 직불금 못 받는 건 안 골치 아프고, 과장님 서류 작업 늘어나는 건 골치 아프다? 네? 골치 아프다? 과장님, 제가 지금 그렇게 이해하면 되는 걸까요?"

두리의 나지막한 목소리가 의원실 공기를 서늘하게 굵었다. 두 과장은 죄지은 학생들처럼 약속이라도 한 듯 바닥만 내려다봤다. 잠시 무거운 침묵이 흐른 뒤, 농림부 과장이 먼저 산림청 과장 쪽을 슥 쳐다보며 입을 열었다.

"의원님, 무슨 말씀인지 충분히 알겠습니다. 산림청과 협의해서 차나무를 임산물로 지정하는 방안을 적극적으로 검토하겠습니다."

그것은 제안이라기보다 사실상 상위 기관으로서 내리는 지시에 가까운 으름장이었다. 산림청 과장의 얼굴이 복잡하게 일그러졌다. 예산과 조직권의 줄기를 쥐고 있는 농림부가 대놓고 총대를 메고 나오자, 산림청 과장으로서는 더 이상 뒤로 물러설 퇴로가 없었다. 그는 마지못해 입을 삐죽이며 기어들어 가는 목소리로 대답했다.

"저희도… 농림부와 긴밀히 협의해서 긍정적으로…".

"아뇨."

두리가 그의 말을 날카롭게 끊었다. 산림청 과장이 움찔하며 그녀를 쳐다봤다. 두리는 다시 천연덕스러운 미소를 지으며 말을 이었다.

"협의는 당연히 하시는데, 저는 이미 잘 결정된 것으로 믿겠습니

다. 검토나 협의 같은 단어는 결과가 안 나왔을 때나 쓰는 거잖아
요? 그렇죠?"

두리는 확답을 강요하지도, 화를 내지도 않았다. 그저 다 끝난
일이라는 듯 편안하게 등을 기대고 앉아 두 사람을 향해 찻잔을 들
어 올렸다. 두 과장은 그제야 자신들이 소문으로만 듣던, 한번 물
면 절대 놓지 않는다는 '여의도 불독'에게 제대로 잡혔다는 사실을
깨달았다.

5장

초록색
창살

대한민국 지도 제작자들은 서동을 참 좋아했다.

산에는 진한 초록색으로 지리산 국립공원이라 칠하고, 바다에는 시원한 파란색으로 한려해상 국립공원이라 칠해놓았다.

보기에는 참 평화로운 풍경이지만, 그 색칠 공부의 대가는 오롯이 서동 사람들의 몫이었다. 국가가 지도 위에 붓질 한 번 스~윽 잘못한 죄로, 서동 사람들은 아침에 눈을 뜨면 '주민'이 아니라 국립공원법이라는 거대한 감옥의 '수감자'가 되었다.

국립공원공단 직원들은 이 동네의 법황法皇이었다. 그들은 가슴에 '특별사법경찰'이라는 무시무시한 딱지를 달고 다녔다. 말이 좋아 관리지, 실상은 주민들을 감시하는 간수나 다름없었다.

팔순의 박 씨 할머니는 주말에 내려올 손주 녀석 사탕값이라도 벌어볼까 싶어 자기 집 대문 앞에 앉았다. 밭에서 갓 뜯은 나물 몇 봉지를 소쿠리에 담아 내놓은 것이 화근이었다.

공단 로고가 박힌 조끼를 입은 젊은 직원이 마치 마약 단속반이라도 된 양, 성큼성큼 다가왔다.

그는 등산화 끝으로 나물 소쿠리를 툭 건드리며 혀를 찼다.

"할매, 여서 이러믄 안 된다꼬 몇 번을 말합니꺼. 이 너적대기 당장 안 치우이소? 자꾸 이러믄 이거 다 압수하고 즉결심판 넘깁니더."

"아이고, 나으리… 이 늠들아… 내 집 마당 앞인디…, 이게 무신 중죄라고 이란데."

"여가 할매 땅이기 이전에 국가 자산인 국립공원 구역 아입니꺼! 곰도 허락 없이 뭐 안 묵는데, 사람이 법을 어기믄 쓰나."

할머니는 흙 묻은 손을 벌벌 떨며 소쿠리를 품에 안았다.

그들에게 할머니는 고사리 몇 줌 파는 노인이 아니라, 생태계를 교란하는 '악의 축'쯤으로 보였나 보다.

이 동네에선 집 마당 화장실이 터져서 고쳐도 '형질 변경' 죄요, 집 앞에 차들이 하도 엉망으로 세워져 주차선 하나 그어도 '불법 시설물 설치' 죄가 되는 마법이 일상이었다.

참다못한 두리가 공단 지역본부장과 주요 임원들을 화개면사무소로 불러들였다. 이른바 '국립공원 상생 지역간담회'. 하지만 자리는 시작부터 간담회가 아니라 성토대회였다.

"의원님, 지는요… 저 공단 직원들 입고 다니는 노란 옷만 봐도 가슴이 덜컥 내려앉습니더. 심장이 벌렁거리가 잠을 못 자요."

한 할머니가 주름진 손으로 가슴팍을 팡팡 치며 울먹였다.

"내 땅인디… 내 조상 대대로 물려받은 내 집 마당인디! 화장실 고치는 것도 허락받아라, 비 새는 지붕 갈아 끼우는 것도 과태료 내라…, 우리가 여게 사는 죄인이요? 곰 새끼들은 나라에서 모시고 살믄서, 왜 평생 이 산 지킨 우리는 범죄자 취급하냔 말이오!"

옆에 앉은 할아버지는 공단에서 날아온 고발장을 책상 위에 내던지며 말을 보탰다.

"집 앞에 차들이 하도 엉망이라 내 손으로 주차선 좀 그었드만, '공공시설물 무단 설치'라꼬 경찰서 오라 가라 합니더. 손주 녀석 사탕값 벌라꼬 나물 좀 내놨드만 소쿠리를 발로 툭툭 차고…, 우리가 이 동네 거렁뱅이입니꺼? 공단 직원들 노란 옷만 보믄 지은 죄도 없는데 도망부터 가게 됩니더!"

임원들은 난처한 표정으로 "법이 그래서 어쩔 수 없다" "환경부 지침이다"라는 말만 앵무새처럼 반복했다.

가만히 듣고 있던 두리가 천천히 안경을 벗어 책상 위에 내려놓았다.

회의실 안의 공기가 순식간에 차갑게 식었다.

두리는 본부장의 눈을 똑바로 응시했다. 꽉 쥔 주먹이 파르르 떨리는 게 보일 정도로 화가 치밀었지만, 그녀는 오히려 목소리를 낮게 깔았다. 분노를 꾹꾹 눌러 담은, 칼날처럼 짧고 끊어지는 드립들이 튀어나왔다.

"본부장님."

"예, 의원님."

"공단 직원들 노란 옷이…, 무슨 저승사자 수의壽衣입니까?"

본부장이 당황해 입을 벙긋거리자, 두리가 말을 이었다.

"국민이 국가 기관 옷 색깔만 봐도 심장이 내려앉는다는데, 이게 행정입니까? 아니면 조폭 구역 관리입니까?"

"그게 아니라 규정이…."

"규정?… 그 잘. 난. 규. 정. 은. 왜! 곰 발톱에는 비단결이고, 할머니 소쿠리 앞에서는 작두날입니까? 공단이 지리산 주인이에요? 임대업자입니까?"

두리가 책상을 손가락으로 툭, 툭 쳤다.

"특별사법경찰? 와, 완장 차니까…."

'눈에 뵈는 게 없나 보죠?'라는 말이 목구멍까지 넘어왔다.

두리는 격한 말을 꾹 눌러 담으려 했다. 그러나 맘처럼 쉽지 않았다.

"국가가 준 칼로 할머니 나물 소쿠리나 걷어차라고 그 월급 주는 줄 압니까? 사법권이 무슨 전래동화 방망이인 줄 아세요?"

본부장의 이마에 식은땀이 맺혔다. 두리는 본부장의 코앞까지 상체를 쑥 들이밀었다.

"이사장님 면담 좀 해야겠네요. 이번 국감, 생태계 지도는 필요 없습니다. 오늘 이 자리에서 나온 어르신들 피눈물 증언록, 그거 한

장이면 충분하니까. 공단이 주민들 '종' 노릇하기 싫으면, 최소한 '깡패' 짓은 멈춰야죠. 안 그렇습니까?"

두리는 말을 마치고 다시 안경을 썼다. 그리고는 고압적인 자세로 앉아있던 임원들을 향해 서류 뭉치를 툭 던지며 덧붙였다.

"협의? 아니요. 결과 가져오세요. '검토'라는 말 한 번 더 나오면, 그땐 제가 직접 공단 정문 앞에서 소쿠리 들고 앉아 있을 거니까. 아시겠어요?"

두 과장이 '여의도 불독'에게 물렸을 때와 똑같은 정적이 흘렀다. 두리는 기세를 몰아 테이블 위에 흩어진 울긋불긋한 서류들을 한데 슥 긁어모았다. 전부 주민들에게 날아온 과태료 고지서와 고발 통지서들이었다.

며칠 뒤, 두리는 국립공원공단 이사장을 국회 의원회관으로 호출했다. 이번엔 국토교통부 차관까지 나란히 앉혔다. 원주 본부에서 서울로 불려 온 이사장은 긴장한 기색이 역력했고, 차관은 상황을 파악하느라 두리의 눈치만 살폈다.

두리는 아무 말 없이 가죽 가방을 열어 서동에서 긁어모은 과태료 고지서 더미를 테이블 위에 쏟아부었다. 울긋불긋한 딱지들이 폭포처럼 쏟아져 나오자, 이사장의 동공이 흔들렸다.

"이게 다 뭡니까?"

두리가 묻는 대신 휴대폰을 꺼내 녹음 버튼을 눌렀다. 회의실 안으로 화개 어르신들의 거친 숨소리와 피눈물 섞인 목소리가 울려

5장
초록색 창살

퍼졌다.

"내 땅인디… 내 조상 대대로 물려받은 내 집 마당인디! 화장실 고치고 비 새는 지붕 갈았다고 저 노란 옷 입은 놈들이 나를 범죄자 취급합니더. 지는요… 저 옷만 봐도 심장이 벌렁거리가 잠을 못 자요."

녹음이 끝나자 회의실엔 무거운 침묵이 감돌았다. 두리가 고지서 한 장을 손가락으로 툭 치며 차관과 이사장을 번갈아 보았다.

"자, 이사장님. 차관님. 어떻게 할까요? 이 고지서들, 제가 내일 국정감사장에서 전국민 상대로 하나씩 낭독해 드릴까요? 아니면 여기서 깔끔하게 소각하고 갈까요?"

이사장은 연신 이마의 땀을 닦으며 차관의 눈치를 보았다. 국토부 차관 역시 사안의 심각성을 인지한 듯 고개를 끄덕였다. 결국 이사장이 먼저 항복을 선언하듯 입을 열었다.

"의원님, 미처 살피지 못한 부분이 있었습니다. 현재 발송된 과태료 처분은 법리 검토를 거쳐 즉시 전면 취하하겠습니다. 그리고 공원 내 지역 주민들을 위한 '상생 협력 프로그램'을 신설해서 주거 환경 개선 사업을 최우선으로 지원하도록 하겠습니다."

옆에 있던 차관도 한마디 거들었다. "국토부 차원에서도 국립공원 내 거주 지역에 대한 규제를 완화할 수 있는 시행령 개정을 적극 검토하겠습니다."

두리는 그제야 안경을 고쳐 쓰며 부드럽게 미소 지었다. 하지만

제4부
돌아온 딸, 무기가 된 정치

눈빛은 여전히 불독처럼 날카로웠다.

"검토가 아니라 '확정'인 걸로 믿겠습니다. 결과 보고서, 이번 주 금요일까지 제 책상 위에 올려두세요."

국회에서 이사장과 차관을 몰아세워 '과태료 소각' 확답을 받아낸 직후, 두리는 곧장 서동행 기차에 몸을 실었다. 서류 가방 안에는 어르신들의 숨통을 틔워줄 결과 보고서가 묵직하게 들어 있었다.

캄캄한 창밖으로 남쪽의 익숙한 산세가 어렴풋이 보이기 시작할 무렵, 두리는 기차 창문에 비친 자신의 얼굴을 물끄러미 바라보았다.

불과 몇 시간 전, 국회 회의실에서 "국감장에서 소쿠리 들고 서 있겠다"며 이사장을 짓누르던 자신의 서슬 퍼런 눈빛이 자꾸 겹쳤다.

'나도 결국 권력을 휘두르는 또 다른 갑이 된 건 아닐까? 내 행동도 관료들 입장에선 지독한 갑질 아닐까?'

솔직한 염려였다. 누군가를 굴복시키고 으름장을 놓는 행위는 본래 두리의 성정과는 거리가 멀었다. 하지만 두리는 이내 고개를 가볍게 흔들며 잡생각을 털어냈다. 그리고 코트 주머니 속에 넣어둔 금빛 배지를 손끝으로 가만히 만져보았다.

'아니, 나는 진두리이기 이전에 국회의원이다. 그리고 이곳 서동의 딸이다.'

국회의원 배지는 화개 골목에서 소쿠리를 걷어차이던 할머니,

5장
초록색 창살

노란 조끼만 봐도 심장이 내려앉는다던 고향 어르신들이 두리의 손에 쥐여준 가장 강력한 무기였다.

'내게 주어진 이 힘은, 힘없는 사람들을 대신해 행정이라는 거대한 벽에 정당하게 휘두르라고 빌려온 것이다. 관료들에게 내가 갑질하는 불독처럼 보인다면, 기꺼이 그렇게 되어주겠다. 나는 힘없는 사람들의 방패이자, 동시에 그들을 지키는 날카로운 이빨이어야 하니까. 나는 힘없는 사람들의 무기다.'

두리는 눈을 감았다. 내일 아침, 마을회관에 이 소식을 들고 찾아갔을 때 "이제야 다리 뻗고 자겠다"며 좋아하실 어르신들의 얼굴이 떠올랐다. 그녀는 스스로에게 다짐하듯 나직이 읊조렸다.

"나는 그들의 무기다. 그러니 더 독해져도 괜찮아."

기차는 밤공기를 가르며 두리의 그리운 고향, 서동을 향해 거침없이 달려가고 있었다.

제4부
돌아온 딸, 무기가 된 정치

제5부

을(乙)들의
반란

1장

정상화라는

이름의

세 번째 상처

갈대만의 세 번째 상처는 누군가의 실패에서 시작된 것이 아니었다.

오히려 기대에서 시작되었다.

3선 도전에 실패한 김보중 군수가 물러난 뒤, 서동에는 묘한 공기가 감돌았다. 분노도 있었고, 체념도 있었지만, 그보다 먼저 퍼진 감정은 의외로 단순했다.

'이번에는 다를지도 모른다.'

선거가 끝난 그날 밤, 서동읍의 술집과 밥집들은 평소보다 조금 더 늦게까지 불이 꺼지지 않았다.

"그래도 이번엔 좀 낫지 않겠나."

소주병을 기울이던 누군가가 말했다.

"박배상, 그이 점잖은 사람 아이가. 쓸데없이 애고패고 설쳐대는 스타일이 아이다."

"맞다 아이가. 경남도 부군수까정 한 사람인데, 행정은 잘 하겄지."

"경제도 안다 아이가. 그 징글징글한 갈대만, 이번에는 진짜 끝짱 내뿌린다 안하나."

누군가는 고개를 끄덕였고, 누군가는 안주를 집어 들며 말했다.

"하이고마, 김보중 군수는 말이 너무 많았더랬지. 박배상은 조용하니 일낼 사람이다."

그 '조용함'이 그날 밤에는 미덕처럼 들렸다.

갈대만 이야기가 나오면 대화는 늘 한 박자 느려졌다.

"아니, 쏠카 해불믄 말이다. 고 갈대만… 이지 끝난 기 아이가?"

"하모… 그렇긴 해도, 군수가 바뀌쁘믄 좀 다르다카이."

"이번엔 고 뭐시고, '정상화'한다 안 카나."

그 단어가 술잔 위로 천천히 흘렀다.

정상화.

사람들은 그 말을 각자 다르게 이해했다.

누군가는 공사가 다시 시작되는 걸 떠올렸고, 누군가는 기업 유치 현수막이 다시 걸리는 모습을 상상했다. 누군가는 그저 더 이상 뉴스에 '소송'이라는 단어가 나오지 않기를 바랐다.

"착실하게 마무리만 해줘뿔믄 된다 아이가."

"대기업 한 개만 들어오믄, 분위기 확 달라질끼다."

"괜히 오지랖 안 허고, 하던 거 정리만 잘해도 되제."

그날 밤, 서동군민들이 바랐던 정상화는 거창하지 않았다. 새로운 꿈이 아니라, 엉켜 있던 것들이 풀리는 그림이었다.

그리고 그 그림 속에서 박배상은 이상하게도 잘 어울리는 얼굴을 하고 있었다. 성실해 보였고, 말이 점잖았고, 무엇보다 문제를 더 만들 사람처럼은 보이지 않았다.

누군가 마지막으로 이렇게 말했다.

"이번엔…, 더 맹그뜨리지만 않으믄 좋것다."

아무도 그 말에 반박하지 않았다.

그날 밤의 서동은 오랜만에 조용한 희망으로 취해 있었다.

누구도 박배상의 정상화가 갈대만에 세 번째 상처가 될 것이라고 예상하지 못했다.

며칠 뒤, 군수 인수위원회 회의실에 그 희망의 맨얼굴이 서서히 드러나고 있었다.

회의실은 커튼이 반쯤 내려와 있었고, 스크린에는 '법무 현안 보고'라는 글자가 떠 있었다.

"대해조선 소송 건입니다."

스크린이 켜졌다.

자문변호사는 마이크도 없이 목소리를 먼저 올렸다.

"군수님…, 이기, 보통 판결이 아입니더."

자문변호사는 잠시 말을 멈췄다가, 마치 준비한 이야기를 꺼내

듯 입을 열었다.

"이 사건은 주파산 군수 시절로 좀 거슬러 올라가야 쓰겄는 디…."

회의실 몇 사람이 자연스럽게 몸을 고쳐 앉았다.

"당시 갈대만 산업단지 분양 구조가 좀, 엉망이었다 아입니까. 원래는 시행사가 분양을 하고, 서동군은 관리, 감독만 하는데…."

그는 손으로 구조를 그리듯 설명했다.

"대해에서 뭐 불만을 던졌뿌린 것 같은데, 시행사가 자금 사정이 안 좋다, 혹시 중간에 무너지면 분양대금은 어떻게 되느냐. 뭐 대충 이러지 않았겠습니까?"

자문변호사는 그 다음 말을 조금 낮추어 말했다.

"그때 서동군이 분양자 지위를 대신 떠안는 계약을 해버린기 아입니꺼."

그는 고개를 끄덕이며 말했다.

"원래 분양을 책임져야 할 시행사 대신, 서동군이 '우리가 책임지겠다'고 떡 나서버린기죠."

그는 여기서 잠시 뜸을 들였다.

"고약한 거이 요 계약이 군의회 의결도 거치지 않았고, 법적으로도 상당히 무리한 형태였다는 건디요. 시행사는 파산해 뿔고, 사업은 멈췄고…."

그는 손바닥을 탁 펼쳤다.

1장
정상화라는 이름의 세 번째 상처

"이기 소송의 시작이고, 1심 대해 승소, 2심 또 대해 승소"

회의실에 익숙한 숫자들이 조용히 내려앉았다.

"서동군이 대해가 달라는 돈을 전부 내줘야 한다… 뭐, 고런 판결이었습니다."

자문변호사는 여기서 목소리를 다시 높였다.

"그런데…, 이기 딱 대법원에서 뒤집혀 버렸지요. 파. 기. 환. 송."

그는 그 단어를 또렷하게 발음했다.

"그러니까 이건…."

잠깐 숨을 고른 뒤, 다시 말했다.

"대해도 책임에서 자유롭지 않다! 이런 결론이지요."

자문변호사는 몸을 앞으로 기울였다.

"군수님, 이건 단순히 이겼다, 졌다, 그런 문제는 아닙니더. 지자체가 무리하게 계약 해가 책임을 떠안았을 때, 그 책임을 어디까지 인정해 줄 끼냐는 거고요.

또 상대방이 그게 불법인 줄 알면서도 계약했다카모, 과연 보호를 받아야 되느냐, 그 문제라 아입니꺼."

그는 말을 끊고 단정하듯 말했다.

"이건 판례로 남을 수 있는 사건이니께네…."

그가 자연스럽게 다음 말로 이어가려 하려던 바로 그 순간, 박배상이 입을 열었다.

"이긴 겁니까?"

자문변호사가 숨을 고르고 말했다.

"예? 아이고, 완전 승소는 아입니다. 그치만 상당히 고무적인…."

그 순간, 박배상이 다시 입을 열었다.

"이긴 겁니까?"

자문변호사는 잠깐 웃음을 지우지 못한 채 고개를 들었다.

"고 모시고, 전부는 아니지만, 일부는 이겼다고…."

"그래서, 이. 긴. 겁. 니. 까?"

이번에는 웃음이 멈췄다.

자문변호사는 자기도 모르게 넥타이를 한 번 만졌다.

숨을 고르고, 말의 방향을 다시 잡으려 했다.

"그게 그니까. 파기환송입니다."

그 단어가 회의실 바닥에 툭 떨어졌다.

박배상은 고개를 끄덕이지도, 표정을 바꾸지도 않았다.

눈만 움직였다.

마치 숫자를 보듯, 문서를 보듯.

자문변호사는 그 시선을 피하지도, 마주하지도 못했다.

'이상하다. 지금은 좋은 소식인데. 왜 설명해야 하는 쪽이 내가 된 거지.'

박배상은 의자에 등을 붙였다.

눈을 가늘게 뜬 것도 아니고, 날카롭게 노려본 것도 아니었다.

그저 온기가 빠진 얼굴이었다.

1장
정상화라는 이름의 세 번째 상처

사람을 보는 눈이 아니라, 결론을 보는 눈.

자문변호사는 괜히 말을 덧붙였다.

"그러니까⋯, 다시 다툴 수 있는 기회라는⋯."

박배상은 그 말을 끝까지 듣지 않았다.

눈을 내리지도 않았다.

그 침묵이 대답이었다.

자문변호사는 그제야 깨달았다.

이 판결을 '승리'라고 부르는 순간부터, 자신은 이미 박배상의 속도에서 한참 뒤처졌다는 걸.

회의실의 공기가 미묘하게 어긋났다.

누군가는 고개를 들었고, 누군가는 펜을 멈췄으며, 누군가는 의자에 등을 더 붙였다.

그 사이 박배상이 다시 입을 열었다.

"그러니까."

그는 말을 끊어 정리하듯 말했다.

"다시 싸우라는 말이죠?"

자문변호사는 한 박자 늦게 고개를 끄덕였다.

"네. 정확히는⋯."

"다시 싸우면 뭘 얻을 수 있습니까?"

"대해 쪽으로 책임을 더 인정받을 수 있지 않을꺼 싶은디⋯."

"얼마나?"

“고 모시고, 손해액의 얼마라도 좀 줄일수 있지 않을까⋯.”

“숫자로 말해보세요!”

“아, 그기. 글케 딱 떨어지게 말씀하라 카믄⋯.”

박배상이 의자에 등을 기댔다.

“그럼, 그만큼 더 싸워야 한다는 말이군요. 추가 입증이 필요하고, 변호사비도 더 들겠네요.”

박배상은 화면에서 눈을 떼고 물었다.

“이 소송, 누가 시작했습니까?”

회의실 안이 조금 얼었다.

“전임 군수 시절입니다.”

“그럼 이건 우리가 벌인 일입니까?”

아무도 바로 답하지 않았다.

자문변호사가 말했다.

“군수님, 그래도 지금이 기회 아이겠습니꺼?”

“기회라.”

“취임하시자마자 대기업하고 소송에서 방어를 잘해가, 손해를 줄였다. 뭐, 요런 그림이 가능하다 안할까⋯.”

“왜 우리가 전임 군수의 잘못을 바로잡아야 합니까?”

말이 공중에 걸렸다.

“그리고 말입니다.”

박배상이 턱을 한 번 문지르더니 아주 자연스럽게 말했다.

1장
정상화라는 이름의 세 번째 상처

“주파산 군수? 그 사람 죄지은 거 우리가 군비 들여서 감싸야
돼?”

회의실에서 누군가 숨을 삼켰다.

“아니, 그러믄 안 되지.”

박배상은 이제 완전히 반말이었다.

“남이 싸질러놓은 거 우리가 치우고, 그 사람은 깨끗한 얼굴로
다시 나오고. 그게 말이 돼?”

자문변호사가 급히 끼어들었다.

“군수님, 그게 아니라….”

“아니면 뭔데.”

박배상은 고개도 안 돌렸다.

“우리 공무원들이 쓰레기 처리반이야?”

펜을 쥔 손이 멈췄다.

뭔가 상황이 웃기는데, 아무도 웃지 못했다.

“정리하자.”

그는 다시 존댓말로 돌아왔다.

“기존 대리인 그대로 가세요. 전략 바꿀 필요 없습니다. 괜히 일
키우지 맙시다. 이상입니다.”

박배상은 의자를 밀고 일어났다.

회의실 문이 닫히자, 누군가 그제야 숨을 쉬었다.

파기환송심 결과가 나온 날, 서동군청 재무과 사무실은 묘한 흥분으로 들썩였다.

서동군이 특별히 한 일은 없었다. 박 군수의 지시대로 공격적인 입증도, 새로운 변론도 없이, 그저 기존 주장 그대로 법정에 멍하니 앉아 있었을 뿐이었다.

그런데도 대법원이 그어준 가이드라인을 따라 법원은 대해조선의 멱살을 잡으며 183억 원의 감액 판결을 내렸다.

이건 그야말로 '가만히 앉아 번 돈'이었다.

실무진은 들뜬 마음으로 서류를 꾸렸다.

제목은 당당하게 '대해조선 파기환송심 일부 승소 보도자료(안)'.

하지만 군수실 문을 열고 들어가는 순간, 그 열기는 영하 40도의 시베리아 벌판으로 변했다.

"이거."

박배상이 펜 끝으로 보도자료의 '승소'라는 단어를 사정없이 후벼 팠다.

"누가 만들었어요? 이 보도자료."

"예? 아, 그게 재무 쪽에서 성과라 보고…."

박배상은 고개도 들지 않은 채 말을 잘랐다.

"이 보도자료, 전임 군수님 성과를 그렇게나 자랑하고 싶어서 만든 겁니까?"

낮게 깔린 목소리에 장 계장의 등에 식은땀이 흘렀다. 박배상이 천천히 고개를 들었다.

평소의 점잖은 얼굴은 온데간데없었다.

그의 이마 위로 굵은 핏대가 울긋불긋하게 솟아올라 꿈틀거리고 있었다. 전임 김보중 군수에 대한, 설명하기 힘든 거대한 경계심이 폭발하기 직전의 화산처럼 일렁였다.

"군수님, 그래도 183억이면 군 재정에 큰 보탬이 되는 성과라…."

"성과?"

박배상이 말을 잘랐다. 그의 눈은 이미 이성을 잃은 듯 번뜩였다.

김보중은 선거법 위반으로 출마 자격조차 잃었고, 심지어 지난 선거에서 박배상 본인을 돕기까지 한 인물이었다. 하지만 박배상에게 김보중은 여전히 서동의 밤을 지배하는 유령이자, 언제든 자신을 집어삼킬 수 있는 괴물이었다.

"애초에 계약서 한 장 제대로 못 써서 군 세금을 이 지경으로 낭비하게 만든 게 누구입니까? 파기환송으로 배상금 찔끔 줄어든 거가지고 어디서 호들갑입니까? 이건 승리가 아니라 전임자가 저지른 오물을 아주 조금 닦아낸 것뿐이에요."

박배상은 서류를 책상 너머로 던지듯 밀어냈다.

"보도자료? 내지 마세요. 보고서는 그냥 '판결대로 집행' 한 줄로 끝내고, 전임 군수 논리로 내 군정을 설명하려 들지 마세요. 이상."

그날 이후 서동군에서 183억의 승전보는 증발했다.

그리고 일주일 뒤, 서동군청에는 정기 인사철도 아닌데 칼바람이 불었다.

'눈치 없이' 보도자료를 들고 갔던 재무과 과장과 계장은 연고도 없는 면사무소 구석 자리로 유배를 떠났다.

서동의 '정상화'는 그렇게 승리의 기록을 분쇄기에 넣고, 사람의 목을 치는 것으로 시작되었다.

3장

250억 원,
빛의 속도로
입금 완료

두리의 마음은 늘 서동을 향해 있었으나, 여의도는 쉽게 그를 놓아주지 않았다. 특히 최근에는 국회의원이던 시절 원내대표를 지냈던 선배 의원이 국회의장으로 선출되면서 상황이 급변했다. 원내대표 시절 대변인으로 호흡을 맞추며 '을들의 대변인'이라 불리던 선배 정치인과의 각별한 인연이 두리를 다시 국회의장실 민생특별보좌관 자리로 불러들인 것이다.

그렇게 정책과 정무의 최전선에서 바쁜 나날을 보내던 두리였지만, 서동은 여전히 마음의 부채로 남아 있었다. 산전수전 다 겪으며 쌓아온 '민원 해결사'라는 명성 때문인지, 몸은 여의도에 있어도 고향의 절박한 목소리들은 끊임없이 국회 의원회관 사무실 문을 두드렸다.

오랜만에 잠시 짬을 내어 내려간 고향 서동은 거대한 관변 홍보 전시장으로 변해 있었다. 읍내 중심가부터 면사무소 입구까지 도배

된 '지방채 975억 원 상환' 현수막들은 마치 오래된 흑백영화 속 촌스러운 정치 선전장을 보는 듯해 입맛이 썼다.

전임 김보증 군수는 허송산업단지를 서동의 미래라 확신하며 1,300억 원이라는 무리한 지방채를 발행해 사업을 밀어붙였다. 하지만 결과는 참담했고, 그 빚은 서동군의 목을 죄는 올가미가 되었다.

박배상은 바로 이 지점을 파고들었다. 전임자가 싸지른 빚을 척척 갚아나가는 '해결사' 프레임을 구축한 것이다.

"오, 대단한데… 이렇게 빨리 빚을 갚았다고?"

두리는 혼잣말을 내뱉으며 고개를 갸웃거렸다.

하지만 칭찬은 잠시였고, 이내 머릿속은 국회의장실 시절 습관처럼 복잡한 계산기 소리로 가득 찼다. 이상한 건 975억 원이라는 돈의 정체였다.

갑자기 그 큰돈을 어떻게 마련했을까?

혹시 군민들에게 돌아가야 할 민생 사업비들을 쥐어짜서 만든 돈인가 싶어 마음 한구석이 찜찜해졌다. 군 예산이라는 게 화수분도 아니고, 어딘가에서 이만큼이 툭 튀어나왔다면 분명 다른 어딘가는 구멍이 났을 게 뻔했다.

두리는 국회 예결위 시절 정부예산을 감시했던 감각으로 서동군 재정 자료를 뒤졌다. 그리고 대해조선 소송의 파기환송 결과를 발견했다.

완전히 패배할 뻔한 재판을 되살려 183억 원이라는 거액을 덜어

3장
250억 원, 빛의 속도로 입금 완료

낸 사건. 그 돈은 이번 지방채 상환의 아주 훌륭한 밑천이 되었을 게 분명했다.

그런데 이상했다. 박배상은 이 명백한 '승전보'를 단 한 줄도 홍보하지 않았다. 975억 원을 갚았다는 무용담만 요란할 뿐, 정작 그 자금을 만들어낸 결정적 성과는 어디에도 보이지 않았다.

'왜 이 사실은 숨기는 거지? 혹시 전임 군수 때 시작된 소송이라 자기 공으로 내세우기 껄끄러운 건가?'

확신할 수는 없었지만, 성과를 숨기면서까지 지키고 싶어 하는 '프레임'이 있다면 분명 그 뒤에 감추고 싶은 구린 구석이 있기 마련이었다.

곧 있을 한영건설의 공사대금 청구 소송 2심 재판도 궁금해졌다. 이 또한 전임 군수 시절, 수임료 비싸기로 유명한 '박앤최' 법무법인을 내세울 정도로 공을 들였던 재판이었다.

나름 1심 결과는 훌륭했다. 원고인 한영건설의 완패나 다름없었고, 법원은 서동군과 사업단(서개단)이 조합 관계가 아니라는 군의 주장을 적극적으로 수용했었다. 1심이 완승이었으니 2심도 완승해야 정상이었다. 현 군수가 변호인단을 바꿨다는 소문이 돌았지만, 두리는 그저 더 완벽하게 이기려고 공을 들이는 거로 생각하며, 서울고등법원을 향했다.

2024년 11월 27일, 서울고등법원.

재판장이 무미건조하게 주문을 읊었다.

"피고 서동군에 대한 청구는 모두 기각한다. 다만, 사업단(서개단)은 원고에게 284억 원을 지급하라."

서동군의 완승이었다. 법원은 서동군과 서개단이 '조합 관계'가 아니며, 군은 돈을 낼 이유가 없다고 다시 한번 도장을 쾅 찍어줬다. 그런데 바로 이어서 블랙코미디 같은 일이 법정 밖에서 벌어졌다.

서동군은 판결 단 2일 만에 군 곳간을 열어 사업단의 패소금 중 250억 원을 '빛의 속도'로 한영건설에 입금해 버렸다.

183억 아낀 성과는 조용히 묻어버렸던 박 군수가, 법적으로 갚지 않아도 된다고 판결 난 남의 빚 284억 앞에서는 전광석화 같은 '기부 천사'가 된 것이다. 서동군은 이와 관련해 기부 천사를 자랑하듯 대대적인 보도자료 배포까지 했다.

두리는 그 보도자료를 보고 자기 눈을 의심했다.

배포된 보도자료에는 한영건설과의 소송에서 승리했다는 자화자찬이 가득했다. 서동군의 치밀한 법리 공략으로 승소했고, 원래 한영건설이 청구했던 거액 중 단 284억 원만 갚게 되었다며 마치 엄청난 예산을 절감한 듯 홍보하고 있었다.

두리는 어이가 없다는 듯 헛웃음을 뱉으며 보도자료를 팔랑거렸다.

"군민 1인당 80만 원. 4인 가족이면 320만 원이 넘는 돈을 이렇게 느닷없이 내준다고? 와우."

국회의장실에서 굵직한 국책 사업 예산을 주무르던 두리였지만,

3장
250억 원, 빛의 속도로 입금 완료

이런 식의 행정은 처음 보았다. 그는 입술을 삐죽이며 덧붙였다.

"이 정도면 대놓고 도둑질을 너무 대범하게 하는 거 아닌가? 우리 군수님, 내가 생각했던 것보다 간이 훨씬 크시네. 남의 빚 250억을 내 돈처럼 턱턱 내주시고 말이야. 박 군수님, 그 부풀린 간…. 감사원 마당에서 바람 좀 빼야겠네요."

두리는 지역 시민단체와 협의해 즉시 서동군을 상대로 공개 질의를 던졌다.

4장

배 째라는 군수와

물어뜯는 불독

두리의 손에 들린 서동군의 답변서는 서류라기보다 잘 만든 코미디 대본 같았다. 국회의원 시절 예산결산특별위원회(예결위) 위원으로 활동하며 대한민국 예산의 구석구석을 현미경처럼 들여다보고, 현재는 국회의장실에서 수조 원대 국책 예산과 국가 정책의 뼈대를 살피며 정책 전문가로서의 입지를 다져온 두리였다. 그런 그에게 서동군이 보내온 '공개질의 답변서'는 헛웃음이 절로 나오는 걸작이었다.

"서동군과 사업단은 조합 관계가 아니다. 그래서 승소한 게 맞다. 하지만 돈은 줬다."

두리는 답변서의 문장을 소리 내어 읊었다. 이건 마치 '술은 마셨지만 음주운전은 아니다'라는 전설적인 명대사의 행정판 버전이었다. 군청의 논리는 기괴했다. 법적으로는 남남이라 이긴 게 확실하지만, 2017년에 맺은 '조정조서'라는 낡은 약속 때문에, 284억 원을 대신 갚아줬다는 것이다. 특히 매일 약 793만 원씩 불어나는 지연손해금이라는 무시무시한 괴물을 차단하기 위해 '부득이한 광속 입금'을 선택했다는 대목에선 박수를 칠 뻔했다.

"군민 1인당 80만 원의 피 같은 돈을 쏴주면서 '피해 최소화'라고? 박 군수, 이 양반은 숫자를 다루는 게 아니라 마술을 부리고 있구먼."

두리는 내친김에 시민단체를 결성했다. 서동에서는 갈대만 산단 조성의 실패에 관한 진실도 대충 묻어버리고, 3번의 군수를 거치며 도무지 상식으로 이해하기 어려운 일들이 반복되고 있다.

두리와 군민들이 결성한 '서동살이'의 첫 무대는 길바닥이 아닌, 우여곡절 끝에 장소를 옮겨 개최된 군민 대토론회였다. 서동군의 대여 불허로 급하게 서동축협 대회의실로 장소를 변경했지만, 열기는 오히려 더 뜨거웠다.

"여러분! 서동군은 1심과 2심 모두 승소했습니다. 그런데 왜 우리가 사업단의 패소금 284억 원을 대신 갚아줘야 합니까?"

두리는 마이크를 잡고 단상에 올랐다. 975억 원 상환이라는 번지르르한 현수막 뒤에 숨겨진 284억 원의 골 때리는 진실이 그의 입을 통해 쏟아졌다.

"군청은 조정조서 때문이라고 합니다. 하지만 그 조서에도 군과 사업단은 조합 관계가 아니다. 즉 서동군이 사업단을 대신 배상책임을 질 필요가 없다고 분명히 밝히고 있습니다. 갚을 의무도 없는

제5부
을(乙)들의 반란

돈을 판결 확정 전부터 미리 쏴버린 이 '입금 마술'을 그냥 보고만 계시겠습니까?"

토론회장은 군민들의 분노로 가득 찼다. 민생변호사의 발제와 군민들의 토론이 이어질수록 박 군수의 '해결사' 가면은 낱낱이 찢겨나갔다.

"우리는 오늘 이 자리에서 결의합니다. 이 말도 안 되는 세금 낭비의 실체를 밝히기 위해 감사원에 공익감사를 청구하겠습니다!"

두리의 선언과 함께 군민 300명의 서명지가 순식간에 채워졌다. 두리는 묵직해진 서류 뭉치를 가슴에 안았다. 이제 정치는 서류 위가 아니라, 곧 서동군청 한복판에 차려질 차가운 감사원 조사실의 형광등 아래에서 다시 시작될 참이었다.

5장

셧다운Shutdown과
헛발질

국회의장실 민생특보실 소파에 앉은 세 남자는 단단해 보였다. 그들은 서동화력발전소 경상정비를 맡고 있는 협력업체 베테랑들이었다. 그들이 내민 서류에는 수백 번 검토했을 법한 설비 도면과 정부의 '제10차 전력수급기본계획'이 나란히 놓여 있었다.

"특보님, 우리가 하는 일은 전기를 만드는 기계를 살리는 일입니다. 기계가 멈추면 나라가 멈춘다고 배워왔고요. 그런데 이제 와서 국가가 우리한테 '기계랑 같이 멈추라'고 하네요. 퇴로도 안 만들어주고 말입니다."

노동자 대표의 말투는 차분했지만, 그 안에는 30년 숙련공의 자부심이 깎여나가는 소리가 섞여 있었다.

두리는 서류를 훑었다. 2036년까지 석탄발전소 28기 폐쇄. 관료들의 계산기 속에서 1만여 명의 일자리는 '전환 비용'이라는 차가운 단어로 치환되어 있었다.

서동으로 내려가는 길, 두리는 허송산단의 휑한 벌판을 보았다. 의남면과 의성면 이장들과 마주 앉은 자리에는 멸치회무침과 소주병이 깔렸다. 하지만 분위기는 횟집이라기보다 폭발 직전의 압력밥솥 같았다.

"두리 특보, 자네도 알 거 아냐. 박 군수 취임하고 나서 산업부가 LNG 대체발전소 건립을 '보류'시켰다고. 그게 무슨 뜻이겠어? 중앙정부랑 줄다리기하는 사이에 우리만 낙동강 오리알 됐다는 소리 아냐!"

의남면 이장이 술잔을 비우며 목소리를 높였다.

"발전소 2, 3호기 꺼지면 서동은 그냥 정전이야. 마을 경제가 정전이라고! 대체발전소 지어준다는 약속 하나 믿고 허송산단에 희망 걸었던 사람들 다 바보 만드는 거 아냐. 우린 벌써 두 번이나 속았어. 이번에도 속으면 여긴 진짜 '세 번 속은 땅'이 되는 거라고!"

두리는 묵직하게 가라앉은 공기를 가르며 물었다.

"근데, 대체 왜 보류를 했을까요? 예비타당성조사까지 통과한 사업이 말입니다."

질문이 던져지자, 이장들이 돌아가며 한숨 섞인 소리를 뱉어냈다.

"서동군수는 대체 뭘 하고 있죠?"

두리의 물음에 의남면 이장이 헛웃음을 지으며 먼저 입을 뗐다.

"글씨, 뭘 하긴 할까? 뭘 했다는 말은 들어본 적이 없네."

옆에 있던 의성면 이장이 술잔을 내려놓으며 거들었다.

5장
셧다운과 헛발질

"하긴 뭘 해. 걍 아무것도 안 하고 있제. 보류 판정 때부텅 여직 까지 군청에서 산업부에 항의를 했다거나, 국회 가서 사정했다는 소릴 한 번도 들어본 적이 없어."

또 다른 이장이 답답한 듯 가슴을 쳤다.

"옆 동네 남해 군수는 기본소득 따낼라고 국회를 제 집처럼 드나 들었다는데…, 우리 군수는 보류 사유가 뭔지 주민들한테 설명 한 번 안 해준다 안 카나. 걍 손 놓고 있는 거지."

실제로 서동군이 산업부에 공식적인 문제를 제기하거나 보류 사 유에 대한 설명을 요구한 기록은 확인되지 않았다. 다른 지역 지자 체장들이 삭발하고 단식을 하며 지역의 절박함을 알릴 때, 서동의 행정은 기이할 정도로 고요한 공백 상태였다.

두리는 잔을 내려놓으며 단호하게 말했다.

"우선 광양만권경제자유구역청부터 가보죠. 이 금쪽같은 사업 이 왜 멈춰 섰는지 제대로 좀 따져봐야겠습니다. 그러고 나서 한전, 산업부, 남부발전소까지 전부 만날 겁니다. 그들이 대체부지니 경기 도 이전이니 딴소리 못 하게 멱살이라도 잡아야죠."

두리는 소주를 삼키며 생각했다. 갚지 않아도 될 남의 빚 250억 원을 입금할 때는 그렇게 전광석화 같던 행정이, 정작 군민의 생존 권이 걸린 문제 앞에서는 왜 이토록 무능한 공백을 보이는지 도무 지 이해할 수 없었다.

"행정이 멈췄으면 정치가 움직여야죠. 박 군수가 입 닫고 있는 동

제5부
을(乙)들의 반란

안, 우리가 서동의 심장을 다시 뛰게 할 앞문을 직접 열러 갑시다."

불독 진두리의 눈에 다시 날카로운 불꽃이 튀었다.

6장

성과라는
이름의
분장 쇼

박 군수의 행정은 참으로 오묘했다. 갚지 않아도 될 남의 빚을 입금할 때는 전광석화 같던 양반이, 지역의 명운이 걸린 대체발전소 유치가 '보류' 판정을 받았을 때는 기이할 정도로 고요했다. 산자부에서 보류 소식이 들려온 지 2년 넘게 군청은 항의 방문 한 번, 주민 설명회 한 번 열지 않았다. 그 평온한 침묵은 마치 '나는 진작 그럴 줄 알았어'라거나, '에고, 골치 아픈 발전소 따위 다른 동네로 간다니 차라리 잘됐지'라고 속으로 쾌재를 부르는 것 같았다.

그러던 어느 날, 화력발전소 인근 마을 이장단을 비롯한 지역 활동가들에게 느닷없는 연락이 날아들었다. 군수가 직접 주재하는 '긴급 간담회'가 열린다는 소식이었다.

"아니, 그렇게 만나달라고 사정할 땐 콧방귀도 안 뀌더니, 웬 간담회?"

의남면 이장은 멸치회에 소주를 마시다 말고 코웃음을 쳤다. 서동 2·3호기 대체사업인 LNG 복합발전소 건립이 허송산업단지 부지에서 보류되면서, 남부발전이 경기도로 이전하느냐 마느냐로 마을 민심은 이미 쑥대밭이 된 상태였다.

간담회장에 나타난 박 군수는 비장한 표정으로 마이크를 잡았다. "여러분, 제가 밤낮없이 중앙정부를 설득한 끝에, 서동을 떠날 뻔한 대체발전소를 남기기로 했습니다! 서동본부 내 부지로 확정 지었습니다!"

박 군수는 자신의 '필사적인 노력'이 빚어낸 기적이라며 짐짓 감격 어린 표정을 지었지만, 객석의 반응은 싸늘하다 못해 황당함이 역력했다. 그도 그럴 것이, 이미 일주일 전 두리가 이장단을 모아놓고 남부발전의 서동 잔류 결정을 조목조목 보고했기 때문이었다.

사실 한 달 전, 두리는 의남발전협의회 회장과 이장단장을 직접 대동하고 광양만권경제자유구역청을 방문했다. 두리는 그들에게 행정이 숨기고 있는 민낯을 낱낱이 보여주고 싶었다. 그곳에서 청장의 입을 통해 흘러나온 이야기는 충격적이었다.

"특보님, 솔직히 말씀드리면 당시 남부발전은 심의위의 보류 판정을 은근히 바라는 분위기였습니다. 그런데 더 기가 막힌 건 서동군이었어요. 문제를 해결하려는 노력을 전혀 안 하더군요. 오죽하면 제가 서동군 담당자에게 화를 다 냈겠습니까? 대체 서동군은 이 사업을 할 생각이 있는 거냐고 말이죠."

청장의 쓴소리를 옆에서 생생하게 목격한 이장들은 할 말을 잃

6장
성과라는 이름의 분장 쇼

었다. 군수가 중앙정부를 설득하느라 밤잠을 설쳤다는 말은커녕, 오히려 유관 기관장으로부터 "왜 일을 안 하느냐"며 꾸지람이나 듣고 있었던 셈이다. 이어지는 의남발전협의회 사무실 회의에서도 두리는 남부발전 간부들을 불러다 놓고 "석탄 폐지 지역을 더 깊은 소멸로 몰아넣을 셈이냐"며 호통을 쳤고, 결국 그들의 항복 선언에 가까운 답변을 받아냈다.

대체발전소가 어떻게 서동에 남게 되었는지, 그 처절한 사투의 현장과 행정의 무능을 목격한 증인들이 눈앞에 수두룩한데 박 군수는 텅 빈 무대에서 어설픈 거짓 알리바이를 짜고 있었던 셈이다.

"저 양반 지금 우리가 바보인 줄 아는 거제?"

"말도 마라. 경자청장이 서동군 담당한테 화냈다던 소리 못 들었나 보네. 두리 특보 아니었음 저거 벌써 날아갔을 긴데."

이장들은 서로의 옆구리를 쿡 찌르며 키득거렸다. 박 군수가 남부발전 직원들에게 최종 확정 보고를 받은 게 바로 어제였다. 보고 받자마자 '아, 이건 내 공으로 돌려야겠다' 싶어 부랴부랴 잡은 간담회라는 게 너무나 속 보였다.

아무것도 하지 않았던 2년 넘는 '방기의 시간'은 쏙 빼놓고, 주민과 국회가 피 흘려 차려놓은 밥상에 숟가락만 얹으려던 박 군수의 화려한 분장 쇼는 그렇게 허망하게 끝이 나고 있었다.

같은 시각, 여의도 사무실에서 보고를 받은 두리는 조용히 서류를 정리하며 생각했다.

'군수님, 250억 원 입금 마술에 이어 이번엔 성과 가로채기 마술입니까? 하지만 서동 군민들이 그렇게 호락호락한 관객은 아닐 텐데요.'

불독 진두리의 시선은 이제 감사관들이 들이닥칠 군청 정문을 향했다. 진짜 '실지감사'는 이제부터 시작이었다.

7장
재난은 현장에,
행정은 홍보판에

박 군수의 '성과 가로채기' 분장 쇼가 한창일 무렵, 서동 예종면은 물바다가 되어 있었다. 기록적인 집중호우로 덕천강 둑 두 곳이 처참하게 터져 나갔고, 비닐하우스는 찢긴 비명처럼 진흙 속에 처박혔다. 그러나 서동군의 시계는 재난 현장이 아니라 군청 홍보실의 보도자료 속에 멈춰 있었다.

홍보실의 타자기는 불이 날 듯 달아올랐다. 언론으로 쏟아져 나온 보도자료는 가히 블록버스터급이었다.

응급복구에 공무원·주민·봉사단체 등 8,940여 명과
장비 2,350여 대 투입!
군부대 1,159명, 소방 2,465명, 경찰 1,375명 등
민·관·군·경 총력 대응!

이 수치가 사실이라면 예종면에는 지금쯤 어벤져스급 군단이 주둔해 무너진 둑을 맨손으로 들어 올리고 있어야 했다. 하지만 비가 그친 뒤, 눅눅한 습기를 머금은 채 달궈진 예종면 산성마을의 한낮 태양 아래에서 주민들이 마주한 풍경은 기가 막혔다.

8,940명의 영웅은커녕 면사무소에서 겨우 빌려온 굴착기 두 대가 가래 끓는 소리를 내며 진흙을 퍼내고 있었고, 주민들은 각자 집에서 챙겨온 녹슨 삽자루로 허공을 긁고 있었다. 2,350대의 장비는 아마도 군수실 책상 위 계산기 속에서만 가동 중인 모양이었다.

장화 속 발바닥이 난로처럼 달아오르는 한여름 정오, 두리는 진흙 냄새와 분노가 뒤섞인 현장 한복판에 서 있었다. 땀이 비 오듯 쏟아졌지만, 두리는 멈추지 않았다.

그때, 진흙 범벅이 된 비닐하우스 앞에서 한 농민이 두리의 소매를 붙잡고 주저앉았다.

"특보님, 우리 서동은 국가가 버린 땅입니까? 옆 동네 산청은 난리 나자마자 대통령도 오고 재난지역 됐다는데, 우리 서동은 왜 아무 소식이 없습니까? 둑 터진 거 보고는 한 겁니까?"

농민들의 물음은 절규였다.

국가재난관리시스템NDMS 입력이 늦어져 1차 특별재난지구 지정에서 서동군이 누락되었다는 소식은 농민들의 가슴에 대못을 박았다. 서동군 농민회가 경남도에 확인한 결과는 더 황당했다. 서동군의 공식 피해 보고 자체가 아예 올라와 있지 않았다는 것이다.

"보고조차 안 했다니…, 이게 사람 살리는 행정입니까, 사람 잡는 행정입니까!"

농민들의 절규가 뙤약볕 아래 울려 퍼졌다.

스마트폰을 쥔 두리의 손등에는 핏줄이 불거져 있었다. 이제부터는 점잖은 정책 보좌관의 가면을 내려놓고, 서동의 심장을 억지로라도 다시 뛰게 할 시간이었다.

두리는 진흙탕 한복판에서 스마트폰을 귀에 바짝 붙였다. 목소리는 낮았지만, 그 안의 압력은 폭발 직전이었다. 청와대 정무수석실, 총리실, 농림부, 수자원공사. 그가 가진 모든 네트워크가 순서대로 호출되기 시작했다.

"비서관님, 사진 보셨습니까? 산청군 난리 나서 대통령님까지 다녀가셨잖아요. 예종면은 바로 그 산청군 옆입니다. 행정구역 하나 다르다고 여긴 특별재난지구에서 빠졌다는 게 말이 됩니까? 여기 산청 못지않게 난리입니다. 비닐하우스가 전부 무너졌어요."

전화를 끊자마자 다음 번호를 눌렀다.

"과장님, 보고가 늦었다고요? 그럼, 지금 제가 하는 게 보고입니다. 덕천강 둑, 제 눈으로 봤습니다. 모레 실사요? 그사이 비 한 번 더 오면 여기 농민들 끝입니다. 일정 당기세요. 수자원공사에도 전하십시오. 관리 부실 문제, 제가 국회에서 끝까지 물 겁니다."

두리는 정부 전체를 서동으로 끌어오겠다는 사람처럼 움직였다. '두리 태풍'이 행정망을 강타하고 있을 때, 서동군청은 여전히 자기

들만의 블랙코미디를 찍고 있었다. 수해로 집을 잃고 이주노동자 기숙사에 몸을 의지한 주민 13명에게 공무원을 보내 "일주일 지났으니 이제 임대료 내라"며 한 달 치 월세가 적힌 계약서를 내밀었다. 그것도 모자라 신속한 영농 재개를 위해 파손된 시설물을 철거해 달라는 농민들에게는 기상천외한 서류 한 장을 더 들이밀었다. '시설 철거 전후로 향후 행정에 어떠한 이의제기도 하지 않겠다'는 각서였다.

"군수님, 250억 원은 판결 이틀 만에 쾌척하시더니, 집 잃은 군민들 월세 걷는 데는 국세청보다 빠르시네요. 이게 군민을 위한 행정입니까, 아니면 임대 사업입니까?"

두리는 무너진 둑 앞에서 장화를 고쳐 신으며 혼잣말처럼 내뱉었다.

그의 집요한 독촉 덕분에 '모레'라던 농림부 실사팀은 일정을 앞당겨 다음 날 새벽 예종으로 내려왔다. 청와대의 불호령에 경남도는 서동군을 재촉했고, 결국 2차 특별재난지구 지정이 결정되었다. 그제야 서동군은 엉덩이를 들썩이며 '적극 행정'이라는 제목의 보도자료를 다시 쓰기 시작했다.

하지만 이미 예종면 이장들의 손에는 군청이 내민 '임대료 계약서'와 '이의제기 금지 각서'가 쥐어져 있었다.

7장
재난은 현장에, 행정은 홍보판에

8장

일하는 머슴 군수,

가로수 심는 임금 군수

2026년 2월의 어느 날, 두리의 집 앞마당에는 반년 전 예종면 수해 현장에서 진흙을 뒤집어썼던 그 장화 대신, 시린 칼바람을 견뎌낸 투박한 등산화 한 켤레가 놓여 있었다. 해가 바뀌어 새해를 맞았건만, 서동의 공기는 여전히 살얼음판이었고 서동군청의 행정 시계는 여전히 '일시정지' 버튼이 눌린 채였다.

두리가 마당 한편에서 땔감을 정리하던 그때, 대문이 부서져라 열리며 낯익은 얼굴의 김 씨가 들이닥쳤다. 태생은 남해지만 인생의 팔 할을 서동에 바친, 자칭 '서동 골수팬'인 그였다.

"어이 진 특보! 내 말 좀 들어보소. 내가 억울하고 기가 차서 어젯밤에 깡소주를 두 병이나 까고도 잠을 못 잤습니더!"

두리가 건네는 물컵을 밀쳐내며 김 씨가 마루 끝에 털썩 주저앉았다. 엊그제 남해 동생 집에 갔다가 겪은 '소고기 트라우마' 때문이었다.

제5부

을(乙)들의 반란

"동생 놈이 말입니더. 소고기를 구워주면서 허허 웃더니, '형님, 이거 나라에서 매달 주는 농어촌 기본소득으로 사는 거니까 마음 껏 드이소' 하는 게 아입니꺼? 그 비싼 고기가 목구멍에 딱 걸리는 데, 아따, 이건 고기가 아니라 숯덩이를 씹는 기분이었습니다."

김 씨는 두리의 멱살이라도 잡을 기세로 눈을 부라렸다.

"아니, 남해는 대통령님이 돈을 팍팍 주시고, 서동은 왜 십 원짜 리 하나 안 줍니까? 우리 군수님이 대통령님하고 싸웠습니꺼? 아니 면 뭐, 남의 편이라서 일부러 우리만 왕따시키는 깁니까? 특보님은 대통령님하고 성남 시장 때부터 공 차고 빚 탕감하고 다 했다면서 요!"

뒤따라 들어온 마을 사람들의 눈동자에도 '정치적 왕따'에 대한 서글픈 피해망상이 이슬처럼 맺혀 있었다. 두리는 마당 끝에 성급 하게 고개를 내민 매화 봉오리를 보며 참담하게 입을 열었다.

"어르신, 나라에서 편 가른 게 아닙니다. 남해는 군수가…, 그냥 진짜 '머슴'처럼 살았기 때문입니다."

"머슴요? 그게 뭔 소립니까?"

두리는 땔감을 내려놓으며 김 씨의 눈을 똑바로 쳐다봤다.

"남해 군수는 시민단체랑 군의회 손잡고 길바닥에서 서명부터 받으러 다녔습니다. 마을마다 간담회 열어서 군민들 절박한 사정을 일기장 쓰듯 낱낱이 기록했고요. 그 두툼한 서류 뭉치를 들고 국회 를 제집 안방 드나들듯 하면서 '남해 농업 지키려면 이 돈 없으면

8장
일하는 머슴 군수, 가로수 심는 임금 군수

안 된다'고 읍소를 했습니다. 그렇게 해서 따온 돈입니다."

김 씨의 얼굴이 묘하게 일그러졌다.

"그라모… 우리 군수님은요? 우리 군수님도 어디 가서 빌었을 거 아입니꺼?"

두리는 차마 나오지 않는 말을 억지로 뱉어냈다.

"그게 이 블랙코미디의 절정입니다. 남해 군수가 운동화 밑창이 닳도록 뛰어다닐 때, 우리 서동군은… 아예 신청서조차 내지 않았답니다."

영천마을 마당에 정적이 흘렀다. 겨울바람 소리마저 숨을 죽였다. 김 씨는 귀를 의심하듯 입을 떡 벌리더니 떨리는 목소리로 되물었다.

"신청을… 안 했다꼬? 그 서류 한 장 안 써서 우리 늙은이들 생활비가 날아갔다 이 말이요?"

두리는 말없이 고개를 끄덕였다. 이것이 바로 '발로 뛰는 머슴 군수'가 있는 남해와, '가로수나 심는 임금 군수'가 있는 서동의 비극적인 차이였다.

남해군이 군민의 주머니를 채우기 위해 사투를 벌이는 동안, 서동군청은 엉뚱하게도 '가로수 조경 사업'이라는 블록버스터급 쇼에 심취해 있었다. 산이 70%가 넘는 서동에 대체 왜 나무가 더 필요한지 아무도 모르는데, 읍내 비좁은 인도마다 이름도 모를 나무들이 지뢰처럼 들어섰다.

"가뜩이나 좁은 인도에 나무를 심어놓으니, 어르신들 유모차(보행 보조기)도 못 지나갑니다. 심지어 30년 넘은 벚나무랑 소나무를 싹 베어내고, 그 자리에 국적 불명의 키 작은 나무랑 커다란 보호대를 줄지어 세워놨으니…, 군민들 속이 시커멓게 안 타겠습니까?"

두리의 말에 김 씨가 결국 무릎을 탁 쳤다.

"맞습니더! 안 그래도 좁은 길에 웬 나무를 그렇게 심어대나 했더니, 남해는 군민 주머니 채울 때 우리는 보도블록 뒤엎고 나무나 심고 있었구만요! 이게 지금 제정신입니까? 이게 행정입니까, 아니면 조경업자 도와주는 깁니까?"

남해가 군민의 삶을 붙들기 위해 절규할 때, 서동은 가로수 보호대 뒤에 숨어 '아무것도 하지 않은' 직무유기를 은폐하고 있었다. 1조 원의 예산을 쥐고도 정작 군민의 권리는 쓰레기통에 던져버린 무능한 임금.

이제 이 잔혹하고도 우스꽝스러운 사기극을 끝낼 시간이었다. 불독 진두리는 이제 사립문을 나서며, 등산화 끈을 다시 한번 바짝 조여 맸다.

'군수님, 가로수가 참 예쁘더군요. 그런데 그 가로수들이 당신의 앞길을 막는 장애물이 될 거라는 생각은 안 해보셨습니까?'

9장

세 번 속은 땅,
무능의
기록을 찢다

바닷바람은 예나 지금이나 예의가 없었다. 한때 서동의 금빛 미래라며 군수들이 줄지어 삽질을 해대던 갈대만 산업단지. 지금 그 자리에 남아 있는 것은 황금알을 낳는 거위가 아니라, 녹슨 채 삐져나온 철근과 "나를 좀 치워달라"며 아우성치는 듯한 고철 덩어리들의 기괴한 침묵뿐이었다.

2026년 봄, 진두리는 그 적막의 한복판에 서 있었다.

많은 이들이 고개를 갸웃거렸다. 두리는 현 대통령과 인연이 깊어도 너무 깊은 사람이었다. 서민들의 빚을 탕감하기 위해 '새출발 은행'을 설계하고, 성남시 축구경기장에서 '골 하나에 10억 원 빚 소각'이라는, 박 군수라면 꿈도 못 꿀 대형 퍼포먼스를 함께 기획했던 파트너가 바로 현 대통령이었으니까.

상식적으로 생각하면 두리는 지금쯤 용산 대통령실의 '핵심 실세'가 되어 비단길을 걷거나, 최소한 강남 어디쯤에서 국회의원 배지를 달고 폼을 잡고 있어야 했다. 하지만 이 여자, 참으로 대책이 없다. 화려한 꽃길을 놔두고 제 발로 서동의 흙먼지 구덩이에 기어들어 왔다. 중앙의 권력 다툼보다 예종면 논바닥 터진 것이 더 급하고, 고향 군민들의 억울한 민원 한 줄이 여의도 정국보다 더 중요했다.

이름도 없는 머슴처럼 서동 구석구석을 누비던 그녀가 오늘, 마침내 결단을 내렸다. 공식적인 '서동 머슴 1호'가 되겠다고 말이다.

"존경하는 서동군민 여러분."

두리의 목소리가 갯벌의 짠 바람을 가르며 울려 퍼졌다.

"저는 오늘, 우리가 세 번이나 속았던 이 비극의 전당, 갈대만에서 서동군수 출마를 선언합니다."

군중이 숨을 죽였다.

"우리는 세 번 속았습니다. 처음엔 큰 배가 들어온다고 해서 속았고, 두 번째는 유명 대학과 대기업이 몰려온다길래 속았습니다. 그리고 대미를 장식한 세 번째 속임수는 바로…."

두리는 잠시 말을 멈추고 흉물스럽게 방치된 현장을 가리켰다.

"이 난장판을 '정상화'하겠다던 현 군수의 약속이었습니다. 여러분, 주변을 보십시오. 이게 정상입니까? 이게 행정입니까? 여기 남아 있는 건 부서진 꿈과 버려진 땅, 그리고 그것을 지켜보는 여러분의 찢어진 가슴뿐입니다."

두리의 목소리는 이제 차가운 면도날처럼 날카로워졌다.

"2026년은 갈대만 산단 연장의 마지막 시한입니다. 시행자를 확

9장
세 번 속은 땅, 무능의 기록을 찢다

보하고, 재원을 마련하고, 실질적인 진척을 보여야 합니다. 이 세 가지 숙제 중 하나라도 못 하면 산단 지정은 취소됩니다. 취소되면 어떻게 되냐고요? 이 거대한 폐허를 여러분의 혈세를 쏟아부어 다시 논밭으로 원상복구 해야 합니다. 가로수 심을 돈은 있어도 이 재앙을 막을 돈은 없습니까?"

그녀는 군중을 뚫어지게 쳐다보며 물었다.

"묻겠습니다. 지난 4년, 군청은 대체 뭘 했습니까? 시행자를 찾아다녔습니까? 재원을 정비했습니까? 아니면… 그냥 다음 선거 때까지 시간이 가기만을 기다렸습니까?"

대답 대신 파도 소리만 공허하게 들려왔다.

"아무것도 하지 않은 대가는 이미 우리 뒷덜미를 잡고 있습니다. 허송산단에 들어설 의남 변전소 건립 문제도 방치하는 바람에, 이제 기업들의 천문학적인 손실을 군민들이 배상금으로 물어줘야 할 판입니다. 이게 끝이 아닙니다. 옆 동네 남해는 군수가 운동화 닳도록 뛰어서 올해 1월부터 농민들이 매달 60만 원씩 기본소득을 받는데, 우리 서동은 신청서 한 장 안 써서 그 돈을 통째로 날렸습니다!"

군중 속에서 "아이고, 세상에!" 하는 탄식이 터져 나왔다.

"남들은 다 받는 권리마저 행정의 게으름 때문에 빼앗겼습니다. 아무것도 하지 않은 4년, 가로수만 심으며 폼 잡은 4년! 이대로 두시겠습니까? 이제는 심판해야 합니다. 군민을 기만하는 행정을 용

서하지 않는 것, 그것이 서동 재건의 첫 삽입니다!"

세찬 바닷바람이 다시 불어왔다. 갈대만의 녹슨 철근들이 비명을 지르는 듯했지만, 그 위로 진두리의 목소리가 더 높게 쌓였다. 그것은 사기극의 종언을 알리는 서막이자, 진짜 '머슴'이 주인에게 올리는 첫 번째 보고였다.

두리는 품 안에서 두툼한 서류 뭉치를 꺼냈다.

"제 약속은 대기업을 몰고 온다거나, 근거도 없이 인구가 급증할 것이라거나, 화려한 행정복합센터를 짓겠다는 식의 터무니없는 약속이 아닙니다. 저는 서동에 절실하고, 서동에 가능하며, 서동이 대한민국을 위해 반드시 해낼 수 있는 일을 해내겠습니다."

두리는 단호한 어조로 서동의 미래 비전을 하나씩 펼쳐 보였다.

"첫째, 이곳 갈대와 허송산단을 '국가 RE100 전용 산단'으로 전격 전환하겠습니다. 탄소 국경세 장벽에 막힌 우리 기업들이 스스로 찾아오는 재생에너지의 성지로 만들겠습니다. 에너지가 곧 경쟁력이 되는 시대를 서동이 선점하는 것, 이것은 서동의 생존이자 국가적 과제입니다.

둘째, 서동의 319개 마을을 '햇빛 소득 마을'로 바꾸겠습니다. 마을마다 태양광과 재생에너지를 통해 서동 군민 모두가 꼬박꼬박 '햇빛 연금'을 받는 에너지 복지 체계를 구축하겠습니다.

셋째, 갈대의 재생에너지 기반 위에 인공지능AI 산업의 핵심인

데이터센터를 유치하고, 허송산단을 신선식품 물류 기지로 고도화하겠습니다. 나아가 포스코의 차세대 RE100 용광로를 유치하겠습니다.

넷째, 기재부와 국회 예결위와의 전격적인 협상을 통해 서동의 모든 상수도 및 오폐수 처리 시설 문제를 해결하겠습니다.

마지막으로, 서동을 '예술가들의 천국'으로 만들어 군민들의 삶에 품격을 더하겠습니다."

두리는 모여든 군민들을 향해 다시 한번 깊이 허리를 숙였다.

"저는 권력의 곁이 아니라 여러분의 곁을 선택했습니다. 군민 위에 군림하며 거짓 알리바이를 만드는 행정의 시대는 끝났습니다. 이제, 서동의 공식 머슴 1호 진두리가 진짜 서동을 돌려드리겠습니다!"

기자회견이 끝난 뒤, 두리는 가장 먼저 갈대만 관련 모든 감사원 감사 결과서를 들고 군민들 앞에 다시 섰다. 그녀는 피하지 않았다.

"먼저 사과드립니다. 지난 시절, 우리 서동의 행정이 여러분을 속이고, 혈세를 낭비하며, 이 소중한 땅을 방치했던 그 모든 잘못된 기록들에 대해 서동의 딸로서, 그리고 정치인의 한 사람으로서 진심으로 고개 숙여 사과드립니다."

두리는 차가운 바닷바람을 맞으며 군민들에게 깊이 절했다.

"감사원 감사는 끝이 아니라 시작입니다. 잘못된 과거를 낱낱이 밝혀내고 정직하게 사과하는 행정만이 정직한 미래를 만들 수 있습니다. 이제는 속는 일이 없을 것입니다. 저 진두리가 여러분의 눈과 귀가 되어 서동을 지키겠습니다."

예종에서 올라온 한 노인이 두리의 투박한 손을 잡았다.

"후보님, 대통령님하고도 친하시다면서 우째 여기까지 내려왔소? 이번엔 진짜 우리 둑 안 터지게 해줄 거지요?"

두리는 노인의 거친 손을 꼭 맞잡으며 환하게 웃었다.

"대통령님 곁보다 어르신 곁이 더 중요해서 왔습니다. 둑만 안 터지게 하겠습니까. 어르신들 주머니에 햇빛 연금 넉넉히 넣어드리는 일꾼이 되겠습니다. 저 믿으십시오. 저, 한번 물면 절대 안 놓는 불독 아닙니까."

갈대만의 녹슨 철근 위로 봄볕이 내리쬐고 있었다. 서동의 바람이 확실히 바뀌고 있었다.

2029년 가을, 서동군 악양면의 박 씨 노인은 아침부터 스마트폰과 씨름 중이었다. 화면에는 '서동형 햇빛·바다 연금 250,000원 입금'이라는 푸시 알림이 떠 있었다. 박 씨는 돋보기를 치켰으며 옆 평상에 앉은 이 씨에게 스마트폰을 들이밀었다.

"이거 봐, 이 사람아. 이번 달엔 지난달보다 만 원이나 더 들어왔어. 갈대만 바닷바람이 아주 열일을 했구먼."

이 씨는 보랏빛 맥문동 꽃이 흐드러진 태양광 패널 아래 길을 따라 걸어오는 관광객들을 보며 껄껄 웃었다.

"자네, 기억나나? 3년 전만 해도 저 갈대만이 고철 덩어리 무덤이었제. 군수들이 바뀔 쩍마다 고 뭐시고, 몇천억짜리 양해각서 흔들기만 했제, 결국 우리 뒷덜미만 잡았다 아이가. 근데 저 '진독(진두리 독종)' 저 양반이 기어이 일을 냈어."

서동의 풍경은 기묘하면서도 근사하게 변해 있었다. 한때 흉물스럽게 방치됐던 갈대만과 허송산단은 이제 거대한 '솔라 포레스트'가 되어 있었다. 축구장 280개 크기의 드넓은 땅 위로 4미터 높이의 태양광 패널들이 지열을 받아내고 있었고, 그 아래로는 햇빛을 피한 고사리와 취나물이 싱싱하게 자라났다.

금오산 꼭대기에서 내려다보면, 태양광 패널들은 서동의 능선을 따라 거대한 보라색 용처럼 보였다. 사람들은 그걸 '지상화Ground Art'라고 부르며 셀카를 찍어대느라 정신이 없었다.

그때, 소리도 없이 미끄러지듯 들어오는 물체가 있었다. 금오산 케이블카 승강장에서 내려온 관광객들을 태운 수소 트램이었다. 트램은 '에너지 숲' 구간을 지나며 안내방송을 내보냈다.

"오른쪽에 보이는 저 거대한 무채색 건물들이 바로 서동의 공장, RE100 데이터센터 단지입니다. 여기서 나오는 열기는 올겨울 서동 주민들의 비닐하우스 난방 에너지로 쓰일 예정입니다."

트램 안의 관광객들은 "세상에, 저게 그 유명한 서동 연금의 원천이야?"라며 창문에 코를 박았다. 굴뚝 연기 하나 없는 공장 단지는 마치 미래도시의 세트장 같았다.

그 시각, 서동군청 앞마당은 여느 때처럼 소란스러웠다. 시장통에서나 신을 법한 낡은 운동화를 끌고 나타난 진두리 군수가 복도에서 김 팀장과 마주쳤다.

"아이고, 김 팀장님! 아까 그 예종면 하수관 말입니더. 그거 예

에필로그
정직한 사과, 새로운 시작

산 쫌 꼼꼼하이 다시 봐주이소. 우리 어르신들 코에서 냄새나면 고 거는 제 책임이 아니라, 억수로 유능한 우리 팀장님 책임입니더. 아 시겠지예?"

두리의 섞여 나오는 사투리와 능청스러운 존댓말에 김 팀장은 익숙하다는 듯 어깨를 으쓱하며 대꾸했다.

"아이구, 군수님. 또 시작이시네. 그 신발이나 쫌 우째 해보이소. 어데 가서 서동군수가 돈 없어 신발도 못 산다꼬 소문나면 제 얼굴 이 다 화끈거립니더. 누가 보면 제가 예산 다 묵은 줄 알겠어예."

주변에 있던 다른 직원들도 큭큭거리며 한마디씩 보탰다.

"맞습니더, 군수님. 아까 중앙부처 사무관이 군수님 신발 보고 '서동은 군수가 직접 삽질합니까?' 하더라고예. 우리 체면 쫌 세워 주이소!"

"아이고, 내 신발이 우째서예? 이게 이래 봬도 서동 구석구석 안 가본 데가 없는 보물입니더. 팀장님들, 제 체면 세워줄 생각 마시고 우리 군민들 주머니 사정이나 쫌 더 세워주이소. 저 갈대만에서 찢 어버린 그 무능의 기록들, 내가 집무실 앞에 딱 붙여놨능 거 보셨 지예? 그거 볼 때마다 내 가슴이 벌렁벌렁합니더."

'중앙의 실세'다운 우아함이라곤 눈 씻고 찾아볼 수 없는 모습이 었다.

대통령과 찍은 사진을 군청 로비에 걸어두는 대신, 그녀는 갈대 만에서 찢어버린 '무능의 기록' 조각들을 액자에 넣어 시장 집무실 입구에 걸어두었다. '다시는 속지 말자'는 스스로에 대한 협박이었다.

"군수님! 오늘 서울에서 예술가들 서른 명이 서동으로 이주하겠다고 신청서 냈습니다. 갈대만 아트센터 공사가 끝나기도 전인데요?"

직원의 보고에 두리는 그제야 입꼬리를 쓱 올렸다.

"거봐요, 에너지가 넘치고 돈이 도는 땅에는 귀신같이 사람들이 모인다니까요. 예술가들 오면 마을 벽화나 그리게 하지 말고, 진짜 그 사람들 하고 싶은 대로 놀게 내버려 두죠. 서동을 아주 발칙한 예술가들의 해방구로 만들어버리자구요."

저 멀리 갈대만 갯벌 위로 다시 바닷바람이 불어왔다. 예전엔 사람들의 가슴을 후벼 파던 차가운 바람이었지만, 이제 그 바람은 거대한 풍력 발전기를 돌리고, 트램을 달리게 하며, 군민들의 통장 잔고를 채워주는 '돈바람'이 되어 있었다.

진두리는 군청 마당 한구석에 서서 금오산을 바라보았다. 하늘을 나는 케이블카와 땅을 달리는 트램, 그리고 마을마다 지붕 위에서 반짝이는 태양광 패널들.

예종면에서 올라와 그녀의 손을 꼭 잡았던 노인이 길 건너에서 트램을 기다리며 손을 흔들었다. 두리도 손을 번쩍 들어 화답했다. 그녀의 운동화 끝에 묻은 서동의 흙먼지가 가을 햇살을 받아 금가루처럼 반짝였다.

속았던 땅은 더 이상 눈물을 흘리지 않았다. 이제 서동은, 햇빛
이 밥을 먹여주고 바닷바람이 노래를 불러주는, 대한민국에서 가
장 정직하고 활기찬 '진짜 머슴'의 나라가 되어 있었다.

소설은 여기서 끝이 나지만, 서동의 일기는 이제 막 첫 페이지를 넘겼을 뿐입니다. 서동의 미래에 대한 유쾌한 상상, 이것이 곧 현실이 되도록, 함께 불독군수를 만들어 보시면 어떨까요?

세 번 속은 땅

무능과 기만이 남긴 15년을 상상하다

초판 인쇄 2026년 2월 6일

초판 발행 2026년 2월 22일

지은이 제윤경

책임편집 김승욱

디자인 이현정

마케팅 김도윤 양지연

브랜딩 함유지 박민재 이송이 박다솔 조다현 김하연 이준희

제작 강신은 김동욱 이순호

발행인 김승욱

펴낸곳 이콘출판(주)

출판등록 2003년 3월 12일 제406-2003-059호

주소 10881 경기도 파주시 회동길 455-3

전자우편 book@econbook.com

전화 031-8071-8677(편집부) 031-8071-8681(마케팅부)

팩스 031-8071-8672

ISBN 979-11-89318-82-6 03810